伊 杰 娅

[俄罗斯]米哈伊尔·波波夫 著

李宏梅 译

华东师范大学出版社

图书在版编目(CIP)数据

伊杰娅/(俄罗斯)波波夫著;李宏梅译. —上海:华东师
范大学出版社,2015.10
ISBN 978 - 7 - 5675 - 4242 - 6

Ⅰ.①伊…　Ⅱ.①波…②李…　Ⅲ.①短篇小说-
俄罗斯-现代　Ⅳ.①I512.45

中国版本图书馆 CIP 数据核字(2015)第 253233 号

本书属于中国国家新闻出版广电总局和俄罗斯出版与大众传媒署
批准的"中俄文学互译出版项目·俄罗斯文库"。由中国文字著作权协
会和俄罗斯翻译学院负责组织实施。

上海市版权局著作权合同登记　图字:09 - 2015 - 907 号

伊杰娅

著　　者　[俄罗斯]米哈伊尔·波波夫
译　　者　李宏梅
策划编辑　龚海燕　夏海涵
责任编辑　夏海涵
责任校对　王丽平
装帧设计　崔　楚

出版发行　华东师范大学出版社
社　　址　上海市中山北路 3663 号　邮编 200062
网　　址　www.ecnupress.com.cn
电　　话　021 - 60821666　行政传真 021 - 62572105
客服电话　021 - 62865537　门市(邮购)电话 021 - 62869887
地　　址　上海市中山北路 3663 号华东师范大学校内先锋路口
网　　店　http://hdsdcbs.tmall.com

印 刷 者　上海中华商务联合印刷有限公司
开　　本　890×1240　32 开
印　　张　4.5
字　　数　55 千字
版　　次　2015 年 12 月第 1 版
印　　次　2015 年 12 月第 1 次
书　　号　ISBN 978 - 7 - 5675 - 4242 - 6/I·1442
定　　价　30.00 元

出 版 人　王　焰

(如发现本版图书有印订质量问题,请寄回本社客服中心调换或电话 021 - 62865537 联系)

本书属于中国国家新闻出版广电总局和俄罗斯出版与大众传媒署批准的"中俄文学互译出版项目·俄罗斯文库"。由中国文字著作权协会和俄罗斯翻译学院负责组织实施。

ИДЕЯ

Михаил ПОПОВ

ПРЕДИСЛОВИЕ

С большим волнением я предлагаю на суд китайского читателя свои произведения. Очень хочется, чтобы они были поняты адекватно. Поэтому я хочу сказать несколько предварительных слов по поводу всех трех сочинений.

Наиболее важным лично для меня является самое маленькое по объему — повесть «Идея». Я рос без отца, и поэтому моя мама значительную часть жизни была для меня самым главным человеком, занимавшим середину моего личного космоса. Как часто бывает, после ухода близкого человека, оказывается, что ты, разговаривая с ним каждый день, так по-настоящему с ним и не поговорил. Эта повесть попытка продолжить диалог, попытка попросить прощения у мамы за то, что я для нее не сделал, за то, что я не до конца ее понял.

Теперь несколько слов о романе «Москаль». Дело в

том, что я родился на Украине, и отец мой украинец, но вырос я в русской культуре и не мыслю своего развития и существования вне ее. Но Украину я люблю, и сочувствую ей, огорчен ее нынешними бедами и неудачами. Роман писался в то время, когда все драматические события на «майдане» в Киеве еще были впереди, но проблемы сложного русско-украинского диалога уже существовали, и в них надо было разбираться. Это книга о том, что трагедия конфликта между братскими народами проходит через сердце очень многих людей, причиняя большую боль.

Роман «Огненная обезьяна» (китайское название книги мне нравится) это произведение не реалистическое. Новое время привносит в мир все новых глобальных демонов, которые роковым иногда образом влияют на жизнь всего человечества. В качестве примера можно привести самое очевидное — глобальные компьютерные сети, виртуальные пространства. Пытается править миром и информационный демон, важно не то, что случилось на самом деле, важно как это показали по телевизору. Рассказ о событии важнее самого события. Мы полностью погрязли в этих стихиях, и не знаем до конца, в какой степени они несут благо, а какой степени они опасны. Я считаю, что одним из таких глобальных демонов стал современная спорт, а в частности футбол. Возможно, в Китае степень вовлеченности в стихию футбола не так велика, как в западном мире. Там это, вне всякого сомнения, явление религиозного масштаба. Для сотен миллионов людей, победа любимой команды важнее благополучия детей. Некоторые мыслители высказываются даже так на этот счет: футбол — это малая укрощенная война. Футбольное поле — пространство, где в условной форме разыгрывается мировая история. Я попытался изобразить один такой розыгрыш.

Надеюсь, эти предварительные замечания помогут читателям в понимании представленных произведений.

Михаил Попов.

序

我怀着极大的忐忑不安将我的作品交给中国读者来评判。十分希望中国读者能够完全读懂我的作品。因此我想为我的三本书写几句前言。

对我个人而言，最重要的一部作品即是篇幅最小的一部作品——中篇小说《伊杰娅》。我在没有父亲的家庭中长大，因此我的妈妈是我绝大部分生命中最重要的人，占据着我个人世界的中心位置。往往在亲近的人离开之后才发现，原来你每天都在和他说话，但却从来没有和他真正交流过。这部中篇小说是一种尝试，尝试着继续我们的对话，也尝试着请求妈妈原谅，原谅我对她未做的一切，原谅我没能彻底地理解她。

现在说说长篇小说《莫斯科佬》。事实上，我出生于乌克兰，我父亲也是乌克兰人，不过我在俄罗斯文化环境中长大，并且没有考虑过不在这个环境中生存和发展。但我热爱乌克兰，也痛心于乌克兰，为她现在所受的苦难与不幸而难过。当基辅"秘密赌场"种种戏剧性事件还未上演时，沉重的俄—乌对话问题就已经存在了，应当理清这些问题的头绪。这是小说创作的时代背景。本书讲的是由兄弟民族之间的冲突引发的悲剧刺痛很多人的心、带来很大伤痛的故事。

长篇小说《火红色的猴子》（这本书的中文题目我很喜欢）不是一部现实主义作品。新的时代为世界一并带来了全新的全球化恶魔的全部因素，这些因素有时注定会对整个人类社会的生活产生影响。最显而易见的例子就是全球互联网、虚拟空间。就连信息恶魔也企图统治世界，重要的不是实际上发生了什么，而是电视如何进行报道。对事件的叙述比事件本身更重要。我们深深地受这些盲目而强烈的情绪所左右,并不完全知晓这些情绪将带给我们多少好处,又带来多大危险。我认为,现代体育,尤其是足球就是这些全球化恶魔之一。大概,中国对足球的狂热程度不如西方世界。在西方世界,毫无疑问,这是一种信仰。对于千百万人而言,自己喜爱的球队的获胜比孩子们的安康福祉还重要。一些思想家甚至这样评论:足球——这是一场被平息下来的小型战争。足球场——是按照事先定好的规则来上演被和解的故事的空间。我试图描写这样一场演出。

希望这几段话有助于读者理解这三部作品。

米哈伊尔·波波夫

　　我的脑海里产生了一个不错的想法。我决定做一件好事，来取代例行许诺，取代庸俗的、目的是把妈妈从安静的悲怨状态带到不无悲伤的听天由命状态的儿子之吻。妈妈有两次小声地喃喃自语，低声抱怨她的冬鞋——松松垮垮走了样的胶底毡靴，谑称"别了，青春"——已经一点儿也不合脚。脚会浸水。妈妈的脚是多年的糖尿病足。近处的鞋摊买不到合适的鞋，一个人离家太远她又不敢。不知为何，醉酒后的我特别多愁善感。我猛地抽噎了一下，没有跑出去喝啤酒，而是走进了隔壁房间，宣布我们现在就去市场。

　　她站在窗前，在研究房管处的一个证明文件。她转过身来，摘掉眼镜，自然是违背了自己不和酒鬼儿子说话，哪怕是饭前也不说话的诺言，问道：

——干什么去？

我为自己和自己的决定感到得意，宣布了去干什么。

妻子正要去上班，她的惊讶程度不亚于母亲，不过她表示完全赞同。钱在那儿，"你知道的"在柜子里，"应该够"。

路程并不远，但很长。刚走到以富有同情心的作家柯罗连科命名的大街上的无轨电车站，我就完全明白了迎接我的将是什么。没想到老年人走路这么慢，而我现在的状态让这种感觉尤其强烈。我牵着自家老太婆的手，就像拉着孩子的手，由于身高差距悬殊，我不得不低垂在她头上。我恶心作呕、浑身发冷，灵魂都在低声嗥叫。做出爱心决定带来的自豪感没有坚持多久。无轨电车在泥泞的雪水中打滑，发出沉重的咕吱声，艰难地前行。窒闷的车厢里，有半醉半醒乘客的两堆呕吐物。终于到站了。可恶的有

轨电车交叉路,轨道已经轧坏,老年人走过去很危险;已经
变灰的融化的积雪形成了一个个水洼;四面八方传来罪恶
的车头发出的噻噻声。食品百货集市位于地铁旁,在几幢
房屋之间有一段带陡坡的、凹凸不平的柏油马路,集市就
在柏油马路的一块不太干净的小空地上。如同在无轨电
车里一样拥挤,在拥挤的人群中不仅要往前走,还要挑选
东西、试一试。从各个方向袭来的叫卖声喧哗吵闹,让妈
妈一下慌了神。她用苍白的、不那么灵活的手指摆弄着随
意从摊铺上拿起的鞋子。"咱们试试吧,妈妈!"一个没刮
胡子的高加索人执着地提出建议,他虚伪的亲切让我泛起
了醋意。她哪里是你的妈妈!她是我妈妈!妈妈倚着我
已经痉挛的胳膊俯下身去,发出我从未听过的呼哧声,脱
下已经打湿的高勒套靴和袜子。第一双靴子不合脚,第二
双靴子不合脚,第三双和第四双同样。要么是鞋楦不合
适,要么脚面隆得太高,要么其他问题。"哦,那咱们再去
看看别的吧!"我语气冷淡地说。她看我时已面露愧色:

瞧，我是多么不合乎标准。我知道，如果我坚持，那么任意
一双靴子她都会同意买，只要不惹我生气，但这样却使我
更烦。何况，我清楚地记得我是一个多么"不合乎标准"的
顾客，只要在市场上，只要耳旁响有唧唧喳喳的说话声，任
何劣质商品都能卖给我。有时候只是想快点付钱走人，这
种在商贩面前永远非理性的不自在感——你正在辜负商
贩的期望，你没轻而易举马上受骗——是最苏联式的情
感。某些时候我会感到自己不知不觉地转到了商家一边，
而妈妈不情愿承认什么鞋都不合她脚，让我觉得她很
任性。

——哦，这双也不行？

——你瞧，这脚后跟，不合适，儿子，不合适。

——你带勺子了吗？请给我一把勺子。有勺子吗？

她的脚一直踩着直接扔在潮湿的、满是烟头的柏油马
路上的硬纸壳，而我满脑子不合时宜的想法：餐勺真好。

——不行，儿子，不行。

——使点劲,来,让我来。

是长筒靴,我猛然一拉,它紧绷在脚上。妈妈踩在鞋底上,惊恐地看了我一眼,用几乎听不见的声音嘟哝了一句:

——不,这样我走不了路。

我像马一样扭过脖子,不满地嘟囔:"哦,我不知道怎么办好。"

——"回家吧!"——妈妈低声说道,她承认我确实已经做了很多,我昨天意外醉酒的过错已经通过这次即便是没有结果的努力而得到了弥补。我明白,可以走,但同时也明白无论如何不能走,所以我心里翻江倒海战战兢兢。我不敢看妈妈那边,担心她从我眼睛里读出这一切。

一个女人帮妈妈脱下了不合脚的靴子,向妈妈打听我是谁,是不是儿子。

——儿子。——妈妈说。于是这位阿塞拜疆女人开始细数：多么好的小伙子，亲自陪妈妈来市场，亲自买，啊，多么好的儿子，多么幸福的妈妈，孩子这么孝顺。我瞥了妈妈一眼，她的眼里闪闪发亮，只是这液体是骄傲的产物还是失望的结果？顿时我觉得有什么东西在旋转。是的，我以意想不到的放松和令人愉悦的愈加放肆无礼用同样的腔调冲这位女商贩咆哮起来，窘迫的感觉不知跑哪儿去了。没错儿，儿子带着妈妈来了，想给妈妈添一双靴子，可整个市场、这么大这么棒的市场上却什么也找不到。

　　——怎么找不到？为什么没有？——一位身材健硕、蓄着小胡子的人在货亭拐角处数落道。眼前立刻呈现一个盒子，里面装有一双精致的女式短勒靴，靴子带有不高的、恰恰好的鞋跟，柔软的真皮制作，毛皮镶边。

　　——请试穿一下，女士！——一个听起来很舒服的商贩的声音说道。

　　我们"试穿了"。

——很好,刚好合脚。——妈妈小声说道。

——不,——我坚持道,她骤然地向现实妥协令我发蒙,——你往鞋底上再踩踩。买东西应该尽可能多试,应该……——我不知道如何结束这一切,谢天谢地,我的声音淹没在一片打算要我们纸盒的商贩们的嘈杂声中。

靴子的价格,当然比我的预算高得多,但人总是要尊严的。回来的路上妈妈的哭诉打破了沉寂:"多么好的小皮鞋,多么糟的老太婆!"这让我完全屈从于一个想法:今天的啤酒不喝了。

当时不是冬末,就是早春;不是射击白宫事件①之后的那一年,也不是债务危机②之前的那一年。不管怎样,我的妈妈伊杰娅·阿列克谢耶夫娜没能找到机会穿一阵子

① 应该是指 1994 年 10 月 29 日或 12 月 17 日枪击白宫的事件。——译注
② 应该是指俄罗斯政府于 1998 年 8 月 17 日宣布的主权债务危机。——译注

这双优质靴子。我们从潮湿寒冷的市场回来后，妈妈就一病不起，当她病愈能够到外面去的时候，户外已经是干爽的、前所未有的暖和的四月份了，显然不适合穿冬靴了。妈妈在把靴子收进柜子里存放之前，一边细心地擦拭这两尊崭新的真皮塑像，一边说：

——唉，我当时要是选那双……

——什么时候？当时？——列娜，我的妻子来了兴趣。

妈妈不好意思了，摆摆手，随便敷衍了一下。

伊杰娅·阿列克谢耶夫娜没有等到下一次寒冷的降临。

这个名字是怎么来的？我当然想问一问。解释总是很简单。她生于1924年，受洗时获得了正常的农民名字阿格拉费娜。但很快她的父亲，就是我外公当上了党的中级官员，一时热血沸腾把所有子女的名字都改成带有革命色彩的名字。妈妈的姐姐玛丽亚和瓦尔瓦拉开始叫特拉

克托林娜①和达兹德拉佩尔玛,也就是达—兹德拉斯特武
耶特—佩尔沃玛伊②！大姐在获得新名字后不久就死了,
二姐在杜霞姨妈这个名字的伴随下在普里科洛特村——
一个点缀在乌克兰向日葵花和南瓜中间的村子,过了很久
平静的农村家庭生活。记得她定期寄来葵花子并说要来
看望我们。直到我写这篇故事的前一年她才去世。

妈妈过的完全是另一种人生,波澜壮阔、孑身一人、跌
宕起伏,时而差点沦为人民敌人的女儿,时而登上受大学
教育的巅峰。她名字的命运与她的生活道路有几个引人
注目的交点。

如果提到那双姗姗来迟的名贵靴子,她还能忆起一件
事。丘古耶夫被从德国人手中解放后不久,就有告密信揭
发我的妈妈。战争期间,她有"两次"在夜间穿越顿涅茨山

① 俄语中"特拉克托尔"(трактор)是拖拉机的意思,这里加一个表示女性
　名字的词尾,音译过来就是"特拉克托林娜"。——译注
② 意即五一节万岁。——译注

伊杰娅

给地下游击队携带某些传单，同时白天却遵守占领区制度过着安分守己的生活。妈妈学过德语，这一点在被占领期间没有隐瞒，并且妈妈学得很好。她常自夸，她的发音被大家公认为"柏林音"。导火索由此而来。地下组织的领导牺牲了，也就没有人能证明共青团员伊杰娅·舍维亚科娃夜间的清白了。她被从哈尔科夫的监狱押送到喀山，春季的道路泥泞不堪，脚上穿的是踩偏的、透水的旧"细毡靴"。住什么柴禾房、破牛棚，湿透的毡子和袜子与脚上的皮肤冻粘在一起……在喀山不是立即，但终归还是发现了好像能够证明是被诬告的文件。如果不是侦察员，那么镇压机器就会习惯性地将妈妈置于自己的铁爪之下。疲惫的叔叔（"抽起烟来很凶，给了我一个烟卷"）也许只不过是可怜年轻的小姑娘，但主要还是出于责任心，结了案放了妈妈。"儿子，你说**那里**全都是流氓，不对，他们查清楚了。他们查清楚了就认错了。"这是我们在 80 年代末的争论。民主派杂志《星火》中规中矩地发行着。周围一片集体揭发告密者的浪潮，涌现出大量囚徒写的挑衅性的自白。康奎斯特①，《古拉格群岛》等等。还记得我曾经因妈妈而有些难为情：尽管是制度的牺牲品，但毕竟存在某种瑕疵，总共被监禁了 7 个月。

后来每当妈妈看到电视报道改建的监狱和劳改营，看到里面卫生条件差、毫无秩序时，就喜欢讲述喀山监狱的整洁干净，"到处撒石炭酸"；那里秩序井然，每个人都获得应得的部分，如果为了填足分量加一小块黑面包，就会在这一小块面包上别一根削得干干净净的小棍儿。② 我当然每次都反驳：什么呀，削得干干净净的小棍儿是有，但更有好几百万无辜的受害者。妈妈不再试图与我争辩，而是

---

① 英国史学家，因著有调查斯大林 30 年代大清洗运动的书籍《大恐怖》而闻名，该书于 1968 年出版。——译注
② 苏联监狱里实行非常严格的管理制度。比如，如果规定分发给犯人 200 克面包，那么他就只能得到 200 克面包。每一份都要过秤。如果还差 5 克达标，那么会给犯人添加一片面包，这片面包要用特制的小棍别到整块面包上。——译注

带着自己的观点向自己的房间走去。那大概也不是与我的激昂雄辩相对立的观点，只是某种特别的东西。但这却惹恼了我，我高声喊起来，一口气说出一大堆血腥的事实：喀琅施塔得起义、安东诺夫起义、集体化、纠察队、白海海峡……伊杰娅·阿列克谢耶夫娜轻轻地叹了口气，说："是的，《白海》牌我抽过。"然后就再也不作声，给自己往带白色圆点的大红茶杯倒一杯茶，趿拉着鞋走进自己的房间。要是她公然站在敌人的思想阵营就好了，要是她在俄共示威游行时像基谢廖夫斯克频道颇具讽刺意味地播放的那些行为放肆的搞笑老太太一样大声歌唱斯大林歌曲就好了。

真是滑稽可笑，不过有一次供我进行宣传抨击的素材还真是从《星火》杂志中找到的。妈妈担任房管处老战士党组织的党委书记时订阅过这本杂志。她当时比其他住在附近的退伍将军们和保守的女演员们年轻、有精力。她能保证定期召开党委会、收缴党费、去学校演说、解释党在曲折现实面前的路线。她的前任，退伍的内务部上校阿尔谢尼·瓦西里耶维奇·诺金对她怎么也喜欢不够，总是定期从疗养院、军医院里给她打电话。妈妈称呼他的姓时必定把重音落在第一个音节上。

在90年代初，妈妈有一个女伴，她们在一起讨论了好几个小时从电视里看到的"时事新闻"，夸奖格德良，但不能理解萨哈罗大。这位女伴建议妈妈作为镇压的受害者去找"纪念碑"①。她十分肯定地说，只要被证实是受害者就会得到优待和好处。那是最困难的一年，好像是1992年，我、列娜都失业在家。有时候连吃饭都有点儿困难。伊杰娅·阿列克谢耶夫娜犹豫了一阵后，还是去哈尔科夫克格勃档案馆递交了申请。我能想象，确切地说无需想象，就知道这对于她来说需要付出什么。在整个成年阶

---

① 是以研究苏联时期的政治迫害为主要任务的国际历史教育、维权慈善协会，成立于1989年，属于非政府组织。——译注

段,她都小心谨慎地隐瞒了曾经被捕这一事实,甚至连在被占领区呆过这件事也绝口不提。要知道,大约有五次各级党委会都退回了她加入苏共的申请。从克格勃领回语言平淡的证书后,她注视着那张证书,我觉得她仿佛有某种安静的、奇怪的自豪感。证书上写道:第一,她曾被捕;第二,完全恢复她的名誉。两部分的措辞评价都很高。

不过她迟迟下不定决心去参加区"纪念碑"会议。后来她还是去了,显然她对自己民主性的早产——才七个月感到难为情。在那里,她受到了热情的接待。原来,那里众多递交申请的同伴中,她几乎是唯一一位"亲自"来的受害者。大家全都是被镇压者的孩子和堂侄表侄。他们当即就提议让妈妈进入他们的领导机关。感觉她是出色的社会活动家,看得出她是有经验的干部。她以健康状况为由拒绝了。她不能对他们直说,从做党务工作转为从事反党活动,这个变化太突然了。甚至对于习惯于急剧而坚决地在自己人生履历中转舵的她而言也相当突然。

妈妈结婚是很久以前的事，在战争结束后，在大学毕业后和我出生之后。这只维持了很短的时间，一个半星期。我的继父米哈伊尔·米赫耶维奇·波波夫是水手，喝醉了不知为什么开始对妻子刨根问底，为什么她领着非婚生的孩子。总之这种问题最好在去户籍登记处之前问清楚。在这番不分胜负的谈话后，伊杰娅·阿列克谢耶夫娜一只手提着箱子，另一只手牵着我踏上了新的人生航程。50年代末从哈尔科夫到阿拉木图，60年代末从阿拉木图到白俄罗斯。水手的姓还有父称就这样留下来一直伴随着我们。

揣着外语教师大学毕业证书，妈妈在哪儿都容易找到工作。不知道为什么在任何一所学校、任何一所技校，甚至农业技校总是为"外国人"留着现成的职位。60年代，国家认识到自己的世界角色，培养了相关的干部。而另一方面，在哪里我们都没有住房。在我的记忆中，整个那段时期我们都凑合着住板棚，住可拆卸的房间，住厨卫在院子里的宿舍。所有好的，主要是不拥挤的住房实际上集中在莫斯科。只有在首都这里我们才很快并且不错地安了家。

我印象最深的是位于阿拉木图郊区的酒厂住宅区的板棚。一天夜里，当地学校有着响亮好听的姓——库南巴耶夫的教务主任喝多了，不知怎么地决定去教法语和英语的单身女教师家里做客。我们当时住的小棚子，大门是木板做的，有许多缝隙，锁门就是从里面用铁丝门钩挂上。好言相劝对于彪悍的教务主任不起作用，地方委员会明天审理他也不怕，他开始强闯。显然，大门抵挡不了多久。我像一尊佛一样坐在自己的床上，睁着圆圆的、惊恐的眼睛。妈妈没有安慰我，而是抓起一把平时扫我们灰褐色地面的硬柳条扫帚，向在皮合页上不断剧烈晃动的大门扔去。在大门的上缘与门框之间有一个相当宽的缝。妈妈就是从那里打出去的。一束被多石的黏土磨尖的柳条正好打在哈萨克爱慕者的脸上。他发出奇怪的叫声，叫声中夹杂着疼痛、委屈和其他一些什么。他在夜色中逃跑了，他的叫声久久回荡着，仿佛他不仅仅消失在黑暗中，而是消失在住宅区旁边的群山顶上。

群山很漂亮，特别是在春天。从群山里沿着湍急的冰河河床蜿蜒出长长的一排白杨树。白色的树梢熠熠发光。尘土轻扬的公路两旁延伸出平凡的、散发着面包发酵的酒糟香味儿的生活，日子似乎并非平静如水，而是有一些重要人物登场。有一天我在那里看到了奇迹，长满罂粟花的小山丘在和风细雨的洗礼后如同地里长出的大钻石。这座小山丘的后面就是阿扎特，一个车臣村庄，一个大人常当作地狱之门来吓唬大人的村庄。

就是在这个地方，在车臣村庄和天山雪峰之间，我的俄狄浦斯情结开始发作。这很奇怪，因为不仅地理环境，还有我的成长经历都不应该产生俄狄浦斯情结。我在单

亲家庭里长大,没有父亲,父亲的存在才有可能诱发隐藏
于心中的醋意。但弗洛伊德这个魔鬼还是在我身上附体
了,不典型,也可以说不突出。

　　大概五岁之前妈妈都是带着我去女浴室洗澡,唯一的
原因就是没有人能带我去男浴室。这么做的不仅她一个
人,总是能在一群湿漉漉的、拖沓混乱的女性胴体中看见
三四个男孩子。自然,终于有一天我感觉到自己置身于这
群肚子下面有黑色三角区域的人体中间并非十分合情合
理。这种感觉并不强烈,甚至也不令人讨厌。我猜想,我
违反了某种规则,但也明白妈妈会在必要时保护我。我时
常摆脱妈妈无形的关怀与看管,小心而好奇地四处张望,
因为在那个时候恰好相反,妈妈的身体对我的视线而言是
完全的避讳。理所当然,我出现了奇怪的行为举止,妈妈
几乎立刻做出了正确决定,于是我开始在家洗澡。但这并
没有终结我的这段俄狄浦斯史。一年后我上学了,上课时
一些稀奇古怪令人不安的想法时常纠缠我。只要我一听

见班级窗外有集体的喧哗笑闹声，比如哪个班级跑出去上体育课，我脑中就会清晰地浮现出很多调皮捣蛋的孩子用胳膊拖拉着没穿衣服的伊杰娅·阿列克谢耶夫娜的情形。我就开始在课桌后坐不安稳，几乎牙齿都要咬得咯咯作响。我请假走出教室，只有确认这不过是讨厌的八年级学生在踢一个坏了的足球时，才能放下心来。就是这么愚蠢。很快这就过去了。怎么单单是恐惧和醋意令我烦躁不安呢？怎么被我视为私有财产的母亲还被某些人"拥有着"。学生集体。在离开酒厂之后妈妈的生活里出现过各种不同的集体。合唱团、党委、业余剧团，但是这些集体与妈妈的关系从来没有令我不安到病态的程度。维也纳忧伤在父亲角色缺失的家庭中呈现的是一种幻痛。

弗洛伊德和天山是绝口不谈的话题。

伊杰娅·阿列克谢耶夫娜·波波娃是怎样提着箱子带着儿子来到伟大的亚洲山麓的，她就又怎样带着儿子提着箱子离开了那里。

对，印象中整个童年都是我拉着妈妈的手，从下向上拉。有一次正是这种关系救了我们的命。已经记不得出于什么需要我们穿越广袤的哈萨克斯坦草原。在一个叫丘的车站车停了。现在我明白了，那不是居民点，而是地图上的旱河，它完全是通向被晒枯的无边无际的空间。丘！！！

车厢里的厕所在停车时关闭了，但我却需要上厕所。我们拐到水塔楼的后面，那儿有个窗栏落满灰尘的一层建筑物，旁边一辆破旧的"嘎斯"牌吉普车在太阳下萎靡不振，司机在驾驶室里睡着了。绕过吉普车后面，有一辆双轮大车，车下面有一个女人袒露着乳房，一个婴儿干涸的小嘴一张一合，再往里走是一个仓库，一堆被压实的煤山，一头睡着的驴上坐着一个无精打采的草原人。我们东拉西扯，穿来绕去，直到找到了一条貌似完全无人的小胡同，我开始匆忙解下"少先队"短裤上的背带，妈妈突然急促而清晰地喊道："跑！"我们沿着小胡同拔腿就跑，跑的时候我拉着妈妈用力抓紧我的手，不知为什么回头看了一眼，看

见两只巨大的、龇牙的骆驼飞奔着追向我们。它们并排
跑，瘦瘦的驼峰左右晃动着，宽大的脚掌呈十字交叉状。
它们就像堵在小胡同砖道上的全身是毛的活塞，身体侧面
蹭着墙下枯萎的蒿草扬起千年的尘土。我们跑了很久很
久，我得以回头看了两次，发现它们离我们越来越近了，就
在千钧一发之际，妈妈向边上拐了个弯儿，简直就是把我
从活的铁蹄下拉了出来。

我领着自己家老太太去市场买那双靴子时，这个场景
在我醉酒后的意识中闪现过。牵着妈妈的手，就像大人牵
着小孩儿的手。本来也是我比妈妈高出几乎一倍。醉酒
后的特点不仅是心血来潮的自我牺牲精神，还容易对人生
进行相当粗浅的总结。我领着自己家上气不接下气的老
太太穿过柯罗连科大街时想，这就是我们的人生：从妈妈
牵着我的手开始，现在我领着她。是呀，时光飞逝。曾经
我是一个完美的小孩儿，听话的天使。我们照例又一次居
住的板棚（位于广袤无垠的祖国的哪一个部分并不重要）

伊杰娅

离峡谷不远。一次,妈妈允许我在林中草地玩球,不过有一个苛刻的条件,就是无论如何不能穿过板棚与峡谷之间的小路。我玩球时妈妈和女伴儿喝茶吃糖果,过了一段时间我跑回来告诉妈妈,球滚到小路对面去了,询问妈妈能否允许我去取球。与朋友相聚的女教师兴奋满面,那是一个容光焕发的妈妈。而这就是听话的儿子!! 过了怎样的30年,这个小男孩发福了,接近一百多公斤,蓄着小胡子,强迫退休的妈妈放弃她在内心那么挚爱的党的集体工作。很难界定是从什么时候开始,这个眼睛清澈的、妈妈的宝贝儿子变成了郁郁寡欢、烦躁易怒的暴君。

伊杰娅·阿列克谢耶夫娜臣服了,甚至看起来没有一丁点儿的情绪激动。儿子坚持,她就交出全权,很难说清她内心是怎样的感觉。外表上很沉着,不是那种绝望后的平静。应该,就是应该。儿子说了,再过一年半载就会把共产党员处以绞刑,他是为妈妈担忧,关心妈妈,那为什么还要不理智而固执地让儿子难堪。说不定,儿子知道得更

多。我甚至能感觉得到她是怎样劝说自己的:是该当老太
婆的时候了,是该放下党证含饴弄孙的时候了。不过我也
猜得到,这些话不能给她带来真正的心理平衡。区委在她
70 岁生日时颁发的感谢她功绩的证书给了她一些安慰。
"他们让我受委屈了!"妈妈面无表情干巴巴地说。我来了
兴趣:怎么让您受委屈啦? 我冷笑着看了一眼证书:千篇
一律的词句、签名、盖章。又看了一遍,依然没看明白。我
甚至想,是不是虚荣心在作祟,对妈妈夸奖得不够。原来
问题出在第一行:"奖励利季娅·阿列克谢耶夫娜……"这
就是她,也就是说,对于他们来说,她是谁?! 这个由于疏
忽大意而造成的不甚明显的改名是一种难以察觉的对她
个人的不够肯定。

利季娅·阿列克谢耶夫娜,是白俄罗斯日罗维茨国营

伊 杰 娅

农场技校的学生们对妈妈的称呼。70年代末她在白俄罗斯教授英语和法语。她容忍了这个为适应当地语言习惯而改的名,但后来把情况弄清楚后她却并没有表现出特别的欣喜。

在八年级的时候我的成绩是及格,校方决定让我上这所技校,以便生活上能得到家长的照管。在那里我得到了人生的第一个证书:电气技术员证。我毕业论文的题目很有意思:"养牛场除粪系统研究"。当时我十五到十七岁,还更像那个去问妈妈是否允许到路的对面去捡球的小男孩,而不是一个博学多疑的满脸大胡子的男人。我很早,还是在哈萨克斯坦的家庭课堂上就开始学习英语了。我的英语水平比我周围的任何一位电工和机械师都要好得多,以至于需要稍微掩饰一下我的优势。虽然,后来的生活表明,用不着掩饰。英语已经渗透到我的意识之中,几乎不留痕迹。英语对我而言大体上说是一门类似于拉丁语的经院式学科;对于将来使用英语的机会,我看甚至比

我在毕业论文中提出的刮板式运送牛粪系统的使用机会
还要少。

至于那些"半大小子"——这么叫比较符合当地民俗，
妈妈称他们为我的大学生们，他们把外语课视为某种巫
术。他们中大多数人——我到现在还记得他们的姓：克罗
特、叶尔什、布谢尔（鹳）①——都选择把定冠词之路当作
自己无法逾越的卢比孔河②。妈妈一遍又一遍、一个月又
一个月地教他们应该怎样稍稍分开一点牙齿并把舌尖放
在分开的牙齿中间，然后从里面吐气，发出接近准确的音：
"啧"。牙齿分开了，舌头伸出来了，紧张得直分泌唾液，但
一分钟之后，刚刚教会的"半大小子"读课文时，还总是跟
原来一模一样的"呵"。妈妈并不生气，有时还自嘲是"西

---

① 这几个姓都是白俄罗斯常见的姓氏。鹳是白俄罗斯的国鸟。白俄罗
斯语中的"鹳"译成俄语为"布谢尔"。——译注
② 源出古罗马恺撒不顾禁令越过卢比孔河，引起内战。卢比孔河在今意
大利境内，常用来比喻难以逾越的障碍。——译注

伊杰娅

绪福斯①夫人”，不过我看，一年一年地她还是渐渐地对建设共产主义指日可待失去了信心。尽管产生怀疑，可她依然独行其是，她屈服的时候何等的少！她非常喜欢佩斯塔洛齐娅的诗句，光明的未来就像沙金一样，是一粒一粒淘出来的。

经过三年的刻苦学习，克罗特和叶尔什，甚至布谢尔终于越过了卢比孔河，依旧原地踏步的是一个最有毅力的、姓服务员姓——梅特罗波利斯基的小伙子。他拼命坚持。他不仅英语比所有人差，他的材料力学和电机课也最差。已经决定将他开除。救了他的是他的不善言辞和滴酒不沾，并且会说英语的老师在教务会议上替他说了情。妈妈这么做不是出于怜悯，她暗中希望"消灭"他，从他的嘴里发出宝贵的音。这才是货真价实的胜利——全体发

---

① 古希腊人物，西绪福斯以其狡猾机智闻名，诸神处罚西绪福斯不停地把一块巨石推上山顶，而石头由于自身的重量又滚下山去，诸神认为再也没有比进行这种无效无望的劳动更为严厉的惩罚了。——译注

音准确的一整班"半大小子"。一个已经向理想的方向迈出了一步的小集体。在这里尤其重要的,正是"集体"。没想到突然有人通知她,梅特罗波利斯基喝酒打人了。"开除!"——妈妈一边连忙赶往出事地点,一边语气坚决地说。鉴于对她的了解,她这么说是完全可以相信的。当她走进宿舍,同学们已忙作一团,本能地"掩护"同学。"利季娅·阿列克谢耶夫娜,他不在这儿","利季娅·阿列克谢耶夫娜,他几乎没怎么喝酒","利季娅·阿列克谢耶夫娜,他就只打过这么一次人,这个人戴眼镜"。在床上找到了梅特罗波利斯基。趴着。"把他翻过来,"——利季娅·阿列克谢耶夫娜命令道,看样子是想把学校所有的要求当面告诉这位无赖。他不情愿地睁开沉重的眼皮,盯着女教师的眼睛,突然高声而清晰地问:"'啧'—我?"

第二天早上,妈妈在教务会议上又坚决表态希望再给梅特罗波利斯基一次改正的机会。

或许是部队塑造了我全新的性格？我从莫斯科的学院回家短期休假时，我们之间的关系开始有明显的改变。妈妈从她的国营农场技校退休了，同事送给她三分之二头牛（三分之一为她自己出资）作为礼物，妈妈有时候编织，时而无聊，我读卡斯塔涅达、似懂非懂地听奥库贾瓦，那时我并没有在妈妈面前飘飘然起来。其实，我一点儿也没有装模作样地记住那些东西，每天吃很多，无所事事，但我非同寻常的精神上的成长却不知何故自己就表现出来了。

是的，妈妈明显变老了，她身上唯一还足够的力量就是为能搬得离儿子近些，也就是搬到莫斯科而努力。她成功了。历经周折的分级调配，她分到了位于索科利尼基这里的一套合住房中的一个小房间，就是现在我正在写这些文字的小房间。在这里，她习惯成自然地参与社会活动

（老战士合唱团、房管处党委），我也从作家协会分给我的位于莫扎伊卡的一居室的狭小住所搬到她这套合住房中。我让妈妈退出了党委，不过允许她参加合唱团。

　　看来，我还是有些高估了她在所谓意识形态问题上的让步程度和服从程度。她在所有领域都沉默不语、隐忍顺从，却突然能在意想不到的、可依我看完全是无关紧要的地方拼命站出来。参加毫无争议的世界观上的仇敌的圣坛——区"纪念碑"会议，但却坚决甚至有点恶毒地反对全民喜爱的电影《狗心》①。起初我没怎么注意我们家那位古怪的老太婆她在那里嘟嘟囔囔埋怨什么。"什么呀，普通人生活中不可能发生任何变化?!"电影是一流的电影，

---

① 根据布尔加科夫小说《狗心》拍摄的一部电影。医学教授普列奥布拉任斯基同其助手给一只流浪狗植入了刚刚死亡的流氓男人的睾丸和脑垂体，手术之后的野狗沙里克很快就变成了人，成为苏联公民沙里科夫。沙里科夫虽然具有人的外形，但却处处表现出流氓无产者的种种劣根性。因小说讽刺苏维埃政权，被没收手稿，被禁 60 年之后于 1987 年才得以公开发表，并被拍成话剧、电影等，引起巨大反响。——译注

伊杰娅

戏谑的台词遍布莫斯科每家的厨房。天才的叶夫斯季格涅耶夫,陶醉在天才教授的角色中,教授睿智地以知识分子的儒雅把睾丸直接寓意为布尔什维克当局。这种情况下可以对一名普通退休人员的牢骚不加责备地一笑了之。但某种情感,冠以什么名我一直没有想好,促使我频繁应对这种场合。不知何故我不能无所谓,我的妈妈,过去是教师,竟然明显地、甚至挑衅般地站到杂种沙里科夫那一边去。理解"狗的心"。不知何故我不能把这事压下来,摆摆手说,那是老年人的糊涂想法,总会过去的。我,自然认为自己属于普列奥布拉任斯基—博尔缅塔尔①阵营,也想把自己的妈妈拉到这个阵营里。我觉得,为此只要向她解释几个不十分复杂的定理即可。可当我理智的命令没有被及时地绝对服从时,每次涌上心头的气愤便给这场对决

---

① 普列奥布拉任斯基是电影《狗心》中的医学教授,博尔缅塔尔是教授的助手。——译注

抹上了情感色彩。怎么回事，竟敢顶撞我！一开始我生闷气，然后因为证明一目了然的事情反倒不容易，就像描写玻璃杯那样困难，再加上逻辑本身的软弱无力我会发火，开始谩骂喊叫。"不是人"、"不要脸"、"婊子"、"贱种"、"篡位夺权的小人"、"立宪会议"、"畜生"、"本分"、"强盗"。妈妈坐在床上，双手垂在膝盖上，表情坚定地看着我，同时又因不得不惹我伤心而满脸歉意。一次，她尝试着解释她指的是什么，她说，正是苏维埃政府把她从"狗"变成人，让她接受高等教育，否则，她可能就是那个死在阿尔泰山小村庄吉洪舅舅家或者格里戈里舅舅家的马厩里的赤脚小女孩。总而言之谈不上什么建设新生活。

——真的吗？——我语带讽刺地反问，——恐怕直到现在我们还得使用火把吧？就是说你认为，如果现在还是沙皇执政，就什么都没有？国家什么也不建设，粮食也不种，矿石也不开采，衬衫也不缝制了？！

　　我还给她讲起"铁路大十字线"（阿尔汉格尔斯克①—塞瓦斯托波尔②，布列斯特③—符拉迪沃斯托克④），说是在沙皇时代建设的，不是赤党执政时，这可是比贝阿干线更给力的事儿；讲起莫斯科的住房基金会在动工建设"赫鲁晓夫楼"⑤之前有 75％ 的份额是革命前的，讲起第一次世界大战期间不实行购物票，讲起本来我们国家的发展速度在革命前是全面超过美国的。

　　辩论引起的愤怒让我大喊起来，也许，妈妈从阿尔泰山的马厩来到哈尔科夫坐上大学的板凳根本不需要人民没收富农的生产资料和土地以及其他手段为代价。或许，留下照看舅舅家的小马驹们，比一生呕心沥血地

---

① 现俄罗斯北部城市，是历史上俄罗斯的重要港口。——译注
② 克里米亚半岛著名港口城市。——译注
③ 位于现白俄罗斯境内的港口城市，是铁路枢纽。——译注
④ 即海参崴。——译注
⑤ 赫鲁晓夫当政时期，苏联各地兴建了一大批 5 层小户型简易住宅楼，后被人们谑称为"赫鲁晓夫楼"。——译注

当教师更实实在在，因为，恕我直言，她没有当教师的天赋，自己会三种语言，可自己的亲儿子一种外语也没有教会。

妈妈沉默了，轻声问：

——为什么你这样确信，你是他们中的一个？

——谁？"他们"？

——教授们。我们来自老百姓，儿子，如果不是革命，你也是光着脚放牛的。

这一平凡的想法堵住了我反攻的大嘴。顺着争论的基本线路走已经没有什么好处了，我从椅子上站起来，摆摆手——一般说来这就是失败的信号，接着喊起来：

——你干吗总絮絮叨叨的？"不穿鞋"、"光着脚"，你什么都没穿吗?! ——我理屈词穷地冒出这些话。

我想，我们即使不是吵了一辈子，也是吵了很久，不过我很快就完全收复了我的阵地，让她彻底心服口服了。

事情是这样的。我出了几天差，回来时正赶上一件有意思的事儿。从德国寄来一个包裹。当时正是我们家几乎真正挨饿的时候，1992年的春天或夏天。当时大家的日子都很艰难，莫斯科突然荒废了几百万个菜园，只有农村的地窖里藏着一些土豆和胡萝卜给人们的未来带来一线希望。于是人道主义援助在这所城市从天而降。富有同情心的德国公民为了不让正在走民主发展道路的国家的居民饿死，募集了食物和衣物。这些援助物品通过房管处下发，妈妈作为以前的积极分子也分到了包裹。一包大米，一包像是面条的东西，两包压缩饼干，难吃的巧克力，糖及其他物品。我回来之前，这些东西就都打开尝过了。现在我才明白过来妈妈向我展示包裹时的神情：我多么了不起，我能挣钱养家！当时家里困难，甚至一小袋糖都是被我排斥的另类。这个小小的包裹深深地刺痛了我，刺痛我的甚至不是这个包裹本身，而是妈妈与这个包裹相关的兴奋。我赶紧扭转局势，转到意识形态方面：这不是包裹，而是施舍，想象一下这位小市民付出如此可笑的代价、付出一公斤米就能换来伟大战果而沾沾自喜的样子。怎么回事,战败者养活战胜者!哦,我还明白了,如果……但是你!那个……那个……总之,我用我从她的讲述中所得知的那些年她与德国占领军打交道时的几件事来提醒她。难道当时的一切都不那么可怕吗?一切都被时间抹平了吗?我说这些的时候一反常态,就像一个十分确信自己所说内容的人那样平静。妈妈郁闷地听着。已经不记得那些大米和巧克力后来的去向了,不过第二天,伊杰娅·阿列克谢耶夫娜向我宣布:

——我给她写信了!

——给谁?

——用德语写的。

原来,包裹里有一个回信地址。妈妈回忆起,她的第一外语还是从中学时代学起的,正好是德语,她的德语比法语和自学成才的英语好得多。

——她叫莱默夫人,我把这一切都写信告诉她了。——妈妈沉默了一会儿,严肃地眯缝起眼睛,补充了一句,——让她知道。

再次和妈妈一起生活时,我发现,妈妈有了新名字——阿列克谢耶夫娜。附近整天在单元门入口处的长椅上开会的老太太们这样叫她。妈妈没有反对,人们这么叫她的时候她答应了,但在家里,跟我猜的一样,她不愿意让这个名字被叫开,就让这个名字只在外面叫吧。完全地顺从他们,这意味着同这些热情却没什么文化、政治上完全蒙昧的、在椴树树荫底下编织毛衣和搬弄是非的老太太们打成一片。这对她来说简直等同于思想上的死亡。不错,她根据家庭的需要不担任党委书记了,但她仍然认为自己是有思想的人,并非对政治漠不关心的人,这甚至左右着她此生中的好多事情。就让电视成为她唯一的政治方面的交流伙伴吧,她作为上了年纪的共产党员伊杰娅·波波娃,而不是老太太阿列克谢耶夫娜同电视进行交流。不过终有一天,就连她的这一立场也受到了攻击。我的朋友萨什卡·孔德拉绍夫,他信教,并且是教会的工作人员,非常害怕妈妈的革命名字①,得知妈妈的教名后,满心欢喜地宣布,以后就只称呼她——阿格拉费娜。他比我更加仇视苏维埃政权,他认为,共产党在我国统治的时代已经过去了,现在应该积极果断消除其残余势力。由于他经常到我家做客,又有一副令人羡慕的好嗓子,所以阿格拉费娜这个名字常常被响亮地叫起。萨什卡认为让满屋子空气中充满他的声音是他的义务。妈妈不争辩、不反对,尴尬地微笑着不作声。不仅如此,过了一段时间妈妈也开始对宗教产生了某种热情。老实说,这并不是真正出于精神

① 俄语中"伊杰娅"(идея)词汇本义是思想、主义、念头、主意的意思,有时也含有意识形态的意思。——译注

伊杰娅

上的需要,也不是像其他老年人一样由于年龄的原因,她说,是时候该想想什么是永恒的,想想自己的心灵了。她认为,在我们的时代成为基督教徒,就是成为前卫的、现代的一类人。当然,这里问题不在于是否迂腐落后,但也不完全不是。她总把身处前沿阵地看作真正公民的义务,要是前沿阵地现在延伸到了圣像壁的前面,那么要做的就是挽起裤管跑去参加宗教游行。

她放弃了她那振奋人心且不容置疑的无神论,那曾是我整个童年时代我们小家庭的信仰。《科学与宗教》①代替了《科学与生活》②。我记得,妈妈曾坚决地不信仰上帝,并对上帝持批判、讽刺态度。60年代,我们住在废弃脏乱的酒厂,似乎在一个叫阿尔马格顿不信宗教的地方,展开了一场进步力量与落后力量的论战。阿里阿德娜·

① 1959 年创刊并发行至今,是苏联时代探讨科学无神论问题和进行无神论宣传的一本科普杂志。——译注
② 1890 年创刊并发行至今的大众科普杂志。——译注

格罗莫娃①的《不理智的思想》与《一年中的九天》②的主人公都心不在焉地说："为什么我需要房子?"当然,还有大量的科幻小说,里面描绘了当时人们完全相信很快就能实现的、晒得黝黑而伶牙俐齿的未来。特别是谁也无法阻拦我们相信"光辉世界"必然很快降临到有着灰褐色地面的板棚里,板棚旁边是公路,公路上疾驰着灌满了醉人的面包液的罐车。

　　谢·斯涅戈夫的长篇小说《神一样的人们》代表妈妈反上帝信仰的顶峰。这是一部受人们喜爱的航天题材歌剧,讲的是共产主义思想战无不胜地渗入银河系的最中心,渗入形形色色行为古怪的人们密集居住的整个星球文明的中心。行为古怪的人们,基本上是善良并且具备刑事责任能力的人。这本书妈妈读了二十多遍,令我也喜欢上

---

① 著名苏联科幻小说作家。——译注
② 一部反映苏联青年物理学家为科研献身的苏联影片,曾获 1962 年卡
　罗维发利国际电影节大奖。——译注

了这本书，她还把这本书推荐给她的学生们，并试图在同事中找到观点一致的志同道合者。据我现在的回忆，她的教育活动没有特别成功地完成。确实心地善良的共产主义思想既没有在天山脚下生根发芽，也没有随着妈妈的皮箱被带到普里皮亚季的河滩上落地生根。农业技校的学生们基本上都是白俄罗斯农村八年制学校的毕业生，考虑问题更为实际，如果不说成看重利益的话。他们根本不属于幻想型的"半大小子"。他们考虑更多的是，如何在9月份得以脱身去自家地里帮着"挖土豆"，再从那里带回点儿荤油和葱头，至于文化休闲，他们更愿意去"小枞树"茶屋喝点啤酒，去俱乐部在无线电收音机的伴奏下跳跳舞。在某种程度上，妈妈对未来共产主义的布道是无人响应的波列西耶①的呼喊。学生们避之不及，老师们偷偷嘲笑。我理解他们，他们也是从亲自动手挖土豆的劳动者中走出来

---

① 位于白俄罗斯、乌克兰的沼泽。——译注

的工程师和老战士们。而当技校教师能够很大程度上合法地得到可靠的生活保障时,妈妈对 22 世纪的憧憬看上去有点奇怪,她的憧憬离不开几乎根本无法住人的生活条件、集体宿舍小房间里完全靠工资的生活。"神一样的人们"——这个标题,如同我后来猜想的那样,不是偶然的。那么,这些把自己提高到神的位置上的幸福而强大的未来居民是谁呢?也可以这么说,是陀思妥耶夫斯基人神小说的变体。也就是说,这一点也不滑稽,我的妈妈在善于论战的时候参加了我们祖国文化领域最伟大的思想论战,并且似乎不是反方。不仅是在口头上。我们的国营农场技校,即前面不止一次提到的妈妈教英格力士①的学校位于著名的日罗维茨东正教教堂的地域和建筑内,每当有大型教会节日,当唯一的未被没收的大教堂里做礼拜的时候,

---

① 即英语。原文中作者故意用俄语字母拼出 English(英语)的发音。——译注

伊杰娅

伊杰娅

妈妈就和其他教师一起,在灯火通明的教堂入口处形成一个封锁部队,拦截对礼拜仪式虚无缥缈的美轮美奂无比向往的学生们。在年轻的心追求信仰的道路上,还有化学、物理、作物栽培、电网、机器零件、金属工艺、英语以及幻想。

最荒谬可笑的是伊杰娅·阿列克谢耶夫娜活到了自己孩子气的却不乏说服力的思想获得胜利的那一大。说实在的,盖达尔执政给我国带来了什么?在后过渡时期,是科幻小说的读者——具体地说是斯特鲁加茨基兄弟[①]的读者执掌了政权。科学城、大学宿舍、航空青年编辑部里思想解放、幽默机智的人们精心构造了一个设想:在周围卑鄙龌龊的现实世界中存在着另外一个诚实而合理的世界。这是人们内心深处的心照不宣的联合,几乎全是信教

[①] 阿尔卡季·斯特鲁加茨基与鲍里斯·斯特鲁加茨基,最著名的苏联科幻小说作家,多部作品被改编成电影。——译注

者的联合。在世俗教堂，两个偶遇的研究员只要互相交谈几句，就能彼此认定对方为灵魂弟兄。如果再在灌木丛中找到吉他……甚至可以设想，他们中的精英（不是现在成为银行家的见风使舵者）想变好不仅仅是为了自己，更是为了大家。为了国家。这些"精英"的主要错误在于他们想快点、一下子实现这点，而不考虑过渡时期的恶劣情况。《星期一从星期六开始》①。显而易见，这个口号里漏掉了重要的一员——星期日。研究员们认为，只要他们做好准备按照新方式生活，那么其他所有人也都会做好准备。他们认为，只要抛出一个号召，人们自己就会适应新生活而获得新生。而实际上，根本不会。保守的人民大众不想一下子变成光明未来的居民。我还记得，大约在 1990 年，距离克拉斯诺达尔不远处的长途汽车站有一个"苏联报刊发行总局"的报亭，那里堆着一垛垛无精打采的《星火》杂志，

---

① 斯特鲁加茨基兄弟的小说，又译《消失的星期天》。——译注

就是在首都引起争论的那份杂志。卡里亚金提到"日丹诺夫牌药水"的言论①,对于当地庄稼汉来说简直无所谓。可"强大的领导人"很快就嗅到了这种味道,吹掉了粉红色的泡沫,同以前的建筑工人和委员会委员们一起分管国家。

1982年我论文答辩前在《文学学习》杂志社实习,我在共青团杂志办公的20层楼的玻璃建筑中工作,在那里我很快发现了一件有意思的事,几百名小有名气的记者中,没有一个人发自内心地、在党会这样有条件限制的空间之外支持苏维埃当局。大家彼此开着关于勃列日涅夫的玩笑,倒咖啡时笑谈"腐朽的西方",为"青年共产党员"编写社论。他们根本察觉不出自己这种行为有什么不对劲儿。我来自文学院校,那里各种思潮兼容并包,我可以直接在宿舍走廊里用《洛丽塔》换《古拉格群岛》,根本不用怕学

---

① 应该是指1988年尤·卡里亚金在《科学与生活》杂志上发表的题为《是"日丹诺夫牌药水"还是反对抹黑》的文章。——译注

校领导知道。于是我得出结论，这就是全体人们的看法。

我对此最初的质疑声产生于我们与妈妈的住所刚搬到一起的时候。在她三居室的合住房里死了一位名叫玛丽亚·格拉西莫夫娜的老太太，原来这位老太太住的房间不是她的私有财产，于是我当时就决定做一个在我看来有点吓人的冒险尝试——用我的一居室换第三个邻居的房间。换成了，不过为了确保第三个房间划归给我们还需要有力的证明文件。我所供职的作家协会服务局给我开了一个证明文件。文件的白纸上用加粗的黑体写道："根据人民委员会 1930 年某日的决定，创作协会成员有权……"我小心翼翼、胆怯不安地拿着这个证明文件。我觉得自己就像拿着希特勒手谕赶赴纽伦堡审判庭的党卫军军官。只要看见这个文件几乎所有人都会立正站好。这就是所谓的"本证明文件真实有效，留存为证"。我既高兴又惊讶。

艰难的 90 年代来临了，伊杰娅·阿列克谢耶夫娜没有看出搞笑的、吧嗒嘴的首席改革者是来自可预见的光明未来的客人，进步的虚无科幻小说中的主人公。有一次我听到从妈妈房间里传出奇怪的声音，这声音怎么也不像是她发出的。我轻手蹑脚地朝里面望了一眼，看见曾经的外语女教师坐在电视前朝屏幕吐口水。屏幕上出现的是阿尔卡季·斯特鲁加茨基的女婿叶戈尔·盖达尔。

看见我，妈妈说：

——你给我买那个刷子吗？

——什么样的刷子？

——你今天早晨给我读的。

早晨我给她和列娜读了《莫斯科共青团员》报上的一则笑话。莫斯科开始出售屏幕上装有汽车雨刮器的电视，因为最近观众在观看节目时经常唾沫四溅。

根据妈妈的讲述，她年轻时是"白菜会"①迷，喜欢说

---

① 演员或大学生等自编自演滑稽节目的娱乐晚会，来自收白菜时举行娱乐晚会的风俗。——译注

说笑笑,可现在她的幽默感随着岁月的流逝不知跑哪儿去了。也许,这样更好。

妈妈的电视机像有精神病似的。时而不知何故自己就变换音量,会在最意想不到的地方扯着嗓子喊,好像要强调某个词似的。而当音量不高不低时,又感觉简直像是在模仿品性丑陋的一些人。"伏尔加格勒零度到零上 5 度,克拉斯诺达尔零上 2 度到零上 4 度,阿斯特拉罕零上 3 度到零上 5 度,**有可能下雨!**"妈妈战栗了一下,双眉蹙起。有次她说:"他简直就像尼古拉。"我想问清楚她说的是谁,可妈妈只是摆了摆手。当电视转播政治新闻时更加有趣。我印象尤深的是普里马科夫的声明:"我对加林娜·斯塔罗沃伊托娃①被害的**报道**表示极大的愤慨!"毫无生气的仪器把被政治家融入自己演说中的思想表现得更加

---

① 1998 年 11 月 20 日,俄罗斯国家杜马代表加林娜·斯塔罗沃伊托娃在圣彼得堡被暗杀。斯塔罗沃伊托娃是俄罗斯民主党主席之一,她是俄罗斯被暗杀的第一位女政治活动家。——译注

伊杰娅

突出。令他感到气愤的不是暗杀事件本身,而是关于暗杀事件的报道。我不止一次向经常战栗的女电视观众提议:咱们再买一台新电视机吧。可妈妈坚决反对,这笔花销在她看来根本就是不理性的。电视机修理工来过,在某个地方稍微焊了一下,但好了没有多久。有一次当妈妈感觉出她被电视出卖了时,她主动说起这事儿。电视机会突然同上面提到的政治家一起喊:**"俄罗斯,你是个傻瓜!"**不过既然妈妈的这种情绪没坚持多久,那么大概是仪器回心转意了,稍微修改了一下自己的演说稿。

那个时候妈妈真的是做好了准备走进教会的大门。奇怪的是,履历成了绊脚石。我们是丘古耶夫的舍维亚科夫的阿尔泰山分支,自古以来就是旧教徒。在精神世界蒙昧不清的一段时期,妈妈去的就是旧教堂,总的说来这是合理的,从那里出来又回归那里。她在塔甘广场附近的一个地方找到了这样的教堂。在那里具体发生了什么事儿我不得而知,不过妈妈怒气冲冲地从那儿回来。我问她是怎么回事。"多么的……马虎。"在妈妈的语言中,这简直就是骂娘。后来,根据聊天中微微流露出来的细节,我明白了,她被问了几个引导性问题,然后被以最原始的粗暴方式从旧教堂里赶了出来。与宗派难堪的冲突令所有的宗教话题都蒙上了阴影。妈妈有次温柔甚至有点不好意思地请求我同萨沙①·孔德拉绍夫谈一谈,让他不要再叫她阿格拉费娜,总之,不管怎么说,她护照上是另一个名字。看来是我脸上表现出了明显的不高兴,以至于她立刻摆了摆手:

——算了,算了,如果他愿意,那么想怎么叫就怎么叫吧。

① 萨什卡的大名。——译注

伊杰娅

伊杰娅

从老太婆头绪混乱的记忆之井中舀起一瓢水，我发现，漏掉的太多了。总而言之，能否将妈妈的某一段人生讲述得完整而连贯？按事件发生的时间先后顺序讲并非我有意为之，只是为了顺着一个方向能有个总体感觉。这样一下子就能检查出我本人在这个故事中的参与度。唯一的亲爱的儿子、"唯一的欣慰"、"首要折磨她的人"，不过，故事讲的毕竟不是我。

我们再舀一瓢水。

大概，伊杰娅·阿列克谢耶夫娜一生中最有情节，或许是最重要的故事发生在我出生之前。她生命的一部分时光在阿尔泰山度过，然后在丘古耶夫，后来在哈尔科夫度过。我的外婆叶莲娜·伊万诺夫娜死于丘古耶夫，她在年轻时是外公的战友，就是那个给孩子改名的外公，同时，外公还是联共布阿尔泰省委员会第一书记。外婆本身也是这个省委员会的成员,后来不知为何也没给什么说法就一下子改行成了阿拉木图—莫斯科专列政府餐车上的女厨师。我不太熟悉的、可以称之为"我们家族"的一部分人在斯托雷平改革时期从哈尔科夫被迁到阿尔泰山。土地,马匹,国内战争,吉洪舅舅参加红军,格里戈里舅舅参加阿塔曼①马蒙托夫的军队。或者相反。把我整个可以写成文字的青春算在内,我有一个"题材库",那是祖传珍宝,会一直特意保存下去,直到有能够好好地支配它的人出现。不久前有一次我打开了这个珍宝箱,用鼻子嗅了嗅,"题材"已经燃尽成灰。或者对于"题材"而言我已经作古。

妈妈经常跟着厨师外婆随火车各处走。有一次,酒足

---

① 阿塔曼,是旧俄哥萨克军队和村庄中由沙皇政府指派或选出的首领。——译注

饭饱的伏罗希洛夫①甚至抱了抱小伊多奇卡②。伏罗希洛夫学着斯大林的样子,我的小妈妈情不自禁地模仿女演员阿罗谢娃③。

丘古耶夫竟发生过枪击事件。

这个场景妈妈给我讲得比其他故事都多,但在我记忆中却是最模糊不清的。事情是这样的,德国人抓走了伊杰娅姑娘,具体为什么,天晓得,已经回忆不起来了。或者妈妈没有详细解释过。也许,是因为逃避被派往德国。一个叫西玛的朋友,在警备司令部工作,经常预先告诉妈妈什么时候应该躲避一段时间,却突然不给妈妈提前报信了。与此相近的另一种说法是有关前面提到的传单,因传单获

---

① 苏联党务和国务活动家,军事家,苏联第一批元帅之一,参加过伟大的卫国战争。——译注
② 伊杰娅的小名,爱称。——译注
③ 即奥尔加·阿罗谢娃,苏联与俄罗斯演员。九岁半时在图什诺的航空巡游时见过斯大林,并接受了斯大林的一束花。为此接受了《共青团真理报》的采访。——译注

得的奖励就是后来的一段羁押旅程和卫生措施良好的喀山监狱。也许是巡察偶然发现了伊杰娅姑娘身上的传单，也许是有人告密，才在她身上搜出传单。总之，在空无一人的候车棚妈妈遇上了另一群被滞留的人。里面有中学生、机务段工人、市场上的女小贩，不知为何还有粉刷队以及其他闲杂人员。当时妈妈坐了一会儿，不知道时间，大约五点左右，又一批被延误的人过来了。这其中有妈妈的街坊马尔捷米亚诺娃，她看见了熟悉的面孔就扯开嗓子冲候车棚喊："伊达①！伊达！"就在这时从门外进来了早已在那守候多时的军官，也喊道："犹德!？犹德!？"妈妈被拖出候车棚，幸好她很快就弄明白了怎么回事，幸好在学校里学过德语而且学得很好，她表现出极度愤怒，用流利的德语极力否认自己不叫那个名字。天亮时德国人对她审讯完了，然后不得不认同她是利达，不是他们认定的那

① 伊杰娅的小名。——译注

伊杰娅

个人。顺便说一下,白俄罗斯的粗人永远不会知道,并不是他们给自己的"英国人"贴上了这个圆滑的外号①,这个外号诞生于她人生中危急的一刻,并借助于德语而产生。

"就是这样,儿子,一个字母就可以用来做文章,可你总在写啊写的。"妈妈说我,没有任何嘲弄之意,并且声音里带有因那场并不欢愉的被确认自己不是伊达而产生的悲伤。但记得当时(根本没有出过书,甚至从哪儿都不会闪现能出书的希望之光)我生气了,挖苦她,适时地使用假名也没能让她摆脱大麻烦。妈妈变得孤僻起来,后来便不再和我谈这个话题。现在转述的是妈妈以前讲过的、多少还留在我记忆中的故事。

那天的傍晚,候车棚里突然来了另一个佩戴编织肩章的德国鬼子,他手里拿着粗粗的手电筒。他按照自己的意图,从坐着的人群中挑选了五个人。四个铁路工人,第五

---

① 利达是利季娅的小名。——译注

个是名叫利季娅的姑娘。不过,这个德国鬼子并没有问大家的名字,而是让所有人都出去。六个手持步枪的士兵等候在外。妈妈特意强调,他们带着步枪。军官下令,向前走,走到那边去,到铁路路基的外面去,到针茅地去。大约走了150米后到了一片已经被挖开的坟墓。准确地说是一个壕沟,大家已经明白,这个壕沟将是一个坟墓。天色渐晚。一抹浓艳的晚霞。暖暖的风把裙子裹到膝盖上。军官让这些被定罪的人站在壕沟边上,15步开外就是他的射击队。妈呀!枪管直对着眼睛。军官大喊一声。就像妈妈说的那样,后面就什么也不知道了。灌木丛中不知道什么声音从右面袭来,头脑这才恢复清醒。终于分辨出这是人的声音。"你还活着,爬到这边来!"后来弄清楚了,是一些偷看射击的小男孩,他们还告诉利季娅很多有意思的事。原来是一个工人,"那个人肉盾牌"在射击的最后一刻稍微往右挪了一步,用自己的肩膀挡住了站在旁边的姑娘。而且,他还在让他们站队时,在拉响枪栓时,一直安慰

伊杰娅

她"别怕，小姑娘，不要悲伤"。妈妈什么话也没记住。"悄悄藏起来，不要白白送死。"另一个小伙子说。"为什么？"原来，一个浅色头发的年轻士兵，站在她对面，开枪时有意对准妈妈头部上方。并没有看出这个动作有什么特别惊人之处：年轻小伙子，尽管是德国鬼子，也很难把子弹打向可爱的姑娘，如果有可能躲避不执行这项任务，一定尽力避开。我最感到好奇的是那个上了年纪的铁路职工，他在坟墓边上得多么镇定，才能达到不考虑自己的程度，恐怕还算出了什么时候应该往前走，为了看起来不是故意的。

当填平壕沟的命令下达时，没被射中的伊杰娅姑娘已经趁着夜色在灌木丛中爬离好远了。早晨，她的腿已经动弹不得了，两个月她都没能下床，当然这不足挂齿。

可以理解，她本不该在那个暖和的傍晚死去。无论是作为犹太人还是作为俄罗斯人。

她的名字在犹太语发音中不光有危险，也有好处。战后哈尔科夫最出名的俱乐部团体当然是民警局之家。这是城市业余文娱活动的盛会。这里演出过妙趣横生的新年晚会、五一晚会、部委庆典日纪念会，平日里演出滑稽短剧、轻歌剧和其他诸如此类的节目。妈妈不是从底层登上这个顶峰，而是从上面，从专业领域达到这个巅峰的：她曾被戏剧学院开除。值得一提的是在那里她曾和柳德米拉·古尔琴柯①同时学习过。当然，不曾相识。开除的原因妈妈不愿意多说，这可以理解，不过感觉她也没有为此感到特别的难过。似乎原因是某个公正客观的理由。嗓子不合格。妈妈是出色而仪容高贵的女高音，但是节奏不稳。也就是说，在合唱中她表现自如，就像板上钉钉一样，而当她沉浸在任意一个二重唱中的独唱部分时，就会开始往前赶，常搅乱伴奏。在一个她本来准备大显身手的音乐喜剧

① 苏联与俄罗斯演员，歌手，电影导演。曾主演《狂欢节之夜》、《拿吉他的姑娘》、《两个人的车站》等。——译注

伊杰娅

排练中,导演把她撤了下来,给她的解释是她没有发展前途。

当时正值学院里一段不愉快时期的开始。同年级的一个同学在剧院的休息室介绍她认识了后来大名鼎鼎的列昂尼德·贝科夫①。好像在他们认识之前他就出演过一些电影。列昂尼德起初根本就无所谓,等后来妈妈表现出节奏感,他立刻开始"大献殷勤"。显然"带有最明显的企图"。"儿子,就像你现在这样幼稚无知、呆头呆脑。"列昂尼德·贝科夫被妈妈委婉而坚决地撵走了。后来,当看到他出演水兵莫金②这一角色时,妈妈坚定地相信自己当时做对了。

不过,在民警局之家她可"十分卖座"。不仅如此,歌剧《多瑙河彼岸的萨波罗什人》③中的一段二重唱《奥达尔

① 苏联演员,导演,编剧。曾自导自演《老将出马》(亦担任编剧)和《嘿,嘿,士兵在前进》。——译注
② 苏联电影《驯虎女郎》中的角色。——译注
③ 古拉克-阿尔切莫夫斯基 1863 年创作的乌克兰歌剧。1937 年、1953 年和 2007 年曾被搬上银幕。——译注

卡和卡拉斯》,总被伊达·舍维亚科娃藏进腰间的暗兜里,她总是一副整篇熟记于心的样子。民警局之家这个集体基本由犹太人组成,我现在很难说清为什么偏偏妈妈"十分卖座",是因为她的嗓音还是她的名字。自娱自乐的女演员是受人喜爱的人,不仅受犹太人喜欢,而且机关工作人员也喜欢她,她营造了独一无二的奥德萨肃反工作人员氛围。妈妈在那里受欢迎,综合起来评价,是由于她不断进行白菜会创作和开展各项游艺活动、唱讽刺歌等活动的精神。表情严肃、要务在身的侦查员扔下自己的皮夹克和弗伦奇式军上衣,开始适时地说俏皮话,友善地开玩笑,并不时地纵声大笑。

几本相册集,用现在的话说是妈妈生平活动的记录册保留至今。很多体育馆的:走平衡木、打"城"①,与一群身材又粗又重的人在一起的女子体操队。当今的那位霍尔

① 一种游戏。——译注

伊杰娅

金娜如果在那里面,看上去就会像是布痕瓦尔德集中营①
联队的一员。妈妈毅然伸出的手里拿着枪,身着华丽的黑
色连衣裙,胸前别着大大的胸针,这就是滑稽短剧《破旧的
别墅》。一群那一时期的朋友;可以认为那是妈妈个人感
受最幸福的一段时间。她坠入了爱河,就是那个要务在
身、名叫扎哈尔的侦查员。虽然在工作中他很严肃,生活
中他却是个妈妈娇生惯养的儿子,大家都说他要给自己找
一个最像他的"多拉姨妈"的媳妇。我的妈妈根本就不像
犹太人,因此她一丁点儿机会都没有。在民警局之家,她
有一个神秘莫测的女朋友阿尼卡·库利申科,尽管后来各
奔东西,但她们之间的联系一直保持着,几乎到生命的尽
头。她们相处得很愉快,"没有错过一场新上映的电影"。
我还记着妈妈讲的他们集体观看法国喜剧《克洛什梅尔闹

① 1937—1945 年德国法西斯在魏玛附近建立的集中营,有 5.6 万人被
杀害。——译注

剧》的事。里面有市长参观新建的公共厕所的可笑一幕。演到市长在厕所里的古怪行为，当时只有妈妈和阿尼卡哈哈大笑起来，以至她们被赶出了放映大厅，尽管她们和民警局的人相当熟识。

妈妈的人生中在戏剧学院和大学之间还有一段学习经历，而且非同凡响——假肢技校。这在她生命中所占的地位甚至比我生命中的除粪学校还要微不足道。可如果不提到这个学校，那么相当重要的有关鞋的话题就不会说透。要知道，假肢也是一种鞋。妈妈在这个领域也小有成就，她的毕业设计是为一位残疾人制作了一个步行装置；妈妈做的假肢一试上脚，他就穿着走回了家，路上对年轻的专家赞不绝口。据说，他在那一天庆祝得过了头，又把胳膊摔断了。

由这个人造下肢可以把话题转向一个姓布特的人。他是我的父亲。我从未见过他，也不想特意见他。我的存在他是知道的，可他对见不见我无所谓。对于不知道布特

伊杰娅

的人而言,布特翻译成俄语就是脚的意思。他曾是艺术学院的大学生,而伊杰娅·舍维亚科娃同他相识是因为受雇去当模特。妈妈人生履历中的这一片段比枪击事件还要灰暗。关于这一切,我是从妈妈上了年纪成为十分正派而相当苏联的女人之后才开始有所知晓的。苏联的,是在"我们没有发生性关系"的意义上说的。关于她不得不与年轻的画家不同寻常地打交道,在他面前摆各种姿势,一丝不挂地摆各种姿势这些事,她只有一两次极不情愿地说走了嘴。显然,两种想法在她内心作斗争:一方面应当给正在成长的儿子树立纯洁的正面形象;另一方面,应当有点儿人生准则——真相,唯有真相!斗争的结果就是,我获得了虽真实但并不完整的信息。可以根据自己的精神堕落程度随意作进一步想象。在我知道这些的时候,我脑海中还没有储备足够的脏字来进行相关的想象。当我的思绪在画室与别墅之间飘了一阵后,当这种精神养分急剧积累起来后,便萌生了新的理解力,理解又渐渐转化为同情。并且,这种"理解"涉及参与让我来到这个世界的行为的双方。我坚决相信妈妈,裸体女人和对她而言略显幼稚的年轻小伙子之间的关系根本不会败坏一个女人的名声。另一方面,时间过去越久理解得越多,我情愿从年轻的画家的声明——"这不是我的孩子"中找出一丁点儿合理的解释。这里面的含意是,叫伊杰娅的模特不止给他一个人摆姿势,这是对她职业的理解。很难准确界定,合理的解释从哪儿一下子终结而卑鄙下流的行为从哪儿一下子开始。完全有可能画家发自内心的相信自己是有理的。有人推荐他去莫斯科工作,跟着他去那里的是一个比他大 4 岁的阿姨,还有一个不合时宜的孩子。作为一个男人,我理解他,作为儿子我不能理解他。何况,根据后来的照片能判断出,我们长得很像,没有疑问。不过,所有这些话都是对死人说的。父亲,如果这是父亲的话,比妈妈死得早。在我动身去莫斯科上大学之前,妈妈给他写过信,说只要允许就请帮帮我。我感觉,在农业技校学到的本事不能给我百分之百的信心,于是我考取了文学院①。这个我在后来解释了,机会正是在这个学校降临到我头上,不是在别的学校。

我们就这样打发着因为信件进展而注定不愉快的一段时光。我勉强克制住自尊心受伤带来的委屈,有两次甚至大喊出类似的话:"不要,求求你!"妈妈平静地承担起了责任,不再顾及自己的尊严。"这不是我的孩子"这一声明在过去的某个时间把我们同时踢开,我们过了十八年后"带着一个小请求"作为对它的回应。我故意装出的清高和妈妈平静的妄自菲薄(主要还是为了帮上儿子什么忙)都是徒劳。信件没寄到。过了两个月我在莫斯科查清了这件事。画家尼古拉·布特早就不住在我们寄出那封折磨人的信件的地址了。说来奇怪,不过查明实际上并没有人伤害我们的自尊心后,我并没有感到轻松。想见见父亲

① 指高尔基文学院。——译注

的认真想法再也没有产生过。

他是一个好画家——我还是不定期地、并非特意地收集了同行对他的评价。的确，他明显地喜欢军事。是格列科夫①的追随者。参加过各大城市的大型军事题材的环形全景图的创作。好像有别尔哥罗德，还有其他什么地方的。在克里木度假的时候，我和列娜买了一本题为《阿吉穆什卡》的相册。是反映战争时期地下石灰洞的游击队生活的。总之，给人以强烈的视觉冲击感。甚至透过有黏性的复印纸都能感觉到强烈的口渴的感觉。作者的这本画册里有画家父母的黑白肖像。也就是说，完全有可能是我的爷爷奶奶。一对年逾古稀、表情严肃的一簇毛②。紧蹙的额头、不信任的目光、累酸的手臂。我端详了好久。不，内心没有掀起任何波澜。父亲这边的族谱追溯不远，在第

---

① 杰出的苏联军事题材画家，苏联军事画流派的创始人。——译注
② 对乌克兰人的谑称。——译注

伊杰娅

一个拐弯处就枯竭了。

我把相册拿给妈妈看，她在自己房间里研究了很久，然后拿出来交给我。仿佛在说，这仅仅是我的物品。与此同时，一句附加的话都没有说。又能说什么呢？相册，从一方面来说，怎么也证明不了她说的她曾经与今日事业有成的画家相识；另一方面，怎么也没有损害名誉之嫌，没有展示裸体的画给人看。游击队在地下采石场作战的题材不需要裸体模特。

我在童年时玩战争游戏的时间比较多，比如说比我的同班同学玩的时间多。不仅手持小棍在灌木丛中飞跑，或者在长满杂草的壕沟里引爆找到的子弹。也亲自动手做点东西，放假的时候几个星期几个星期地坐在地上摆弄黏土做的海军舰队和步兵方阵。也许，父亲的基因在这些栩栩如生的战争游戏中体现出来。说实话，遗传不明显，因为我身上一丁点儿这一支一簇毛的绘画天赋也没有。

有意思的是，一切都始于钱。或者更准确地说，结局始于钱。我们的小家庭也是如此。靠工资精打细算地过日子。谢天谢地，那段时间从来不拖欠哪怕一天的工资，而且，如果要过某个节日，工资还会提前发下来。没有任何关于"黑暗日子"的概念，这也可以理解，人们对必然即将到来的"光明未来"满怀坚定的信心，何来的"黑暗日子"？妈妈的职业，加上她的性格，一下子富起来的途径是没有的。外语在中小学和技校是不可能被取消的，但终究是副科。我们在白俄罗斯住国营农场技校宿舍期间，资深望重的函授学生送的一包包的芳香礼品和用报纸包着的一叠叠的十卢布都邮寄给了基础应用科学——通常是与金属、电学，尤其是与对数和微积分相关的学科的硕士，这实际上是公道的。伊杰娅·阿列克谢耶夫娜没留下任何

伊杰娅

一件能够纪念她的妈妈或外婆的金项链、手镯或戒指，或许都散失在从阿尔泰山到波列西耶的铁路线上了。有件事我记忆犹新：格罗德诺①珠宝店抛售"黄金"（也许是黄金涨价了，也许是降价了），排起了非常拥挤、吵吵闹闹的可怕的长队，我们从旁边经过，妈妈并非做作地笑评此事。这是一群怎样的怪人，为什么省吃俭用地收藏这些沉沉的、叮当作响的饰物？没有丝毫的矫揉造作。心理暗示的力量使我一直到青春后期仍然在内心清晰而坚定地认为，所有金子都是累赘之物，是保守落后甚至有点可笑的东西。它在世上的作用只有一个——装满珠宝箱，还有在电影里的公主的耳朵上和脖子上晃晃荡荡。

可是，在这方面公众的感情倾向却是另外一个样子，伊杰娅·阿列克谢耶夫娜觉察到了自己是令人不舒服的

---

① 白俄罗斯西北部城市，格罗德诺州首府。——译注

另类，也觉察到了周围人轻微的讽刺，这些感觉有时也是她自己胡思乱想出来的。让她无比惊讶的是，人们容易迁就各类盗用公款者和被揭穿的耍滑头的人，而未被揭穿的、"会生存"的耍滑头的人受到何等的尊重。同时，她还因她自己的想法让人们感到奇怪而觉得难为情。她的境况开始变得艰难起来：她已经退休，而我赴莫斯科求学。我需要"帮助"。一个月至少还需要补贴我 50 卢布，好让我能够度过那个被我视为唯一出路却毫无头绪的大学生活。她种了一个小菜园，把旧缝纫机也找了出来。以前，还是在酒厂的时候，妈妈是时尚引领者。订阅带剪样的杂志，按照画好的样式给我、她自己和最前卫的同事们做衣服。她创作想象力的迸发得益于日常生活中的果断，她麻利地剪裁印花布，就像从一个寸草不生的地方到另一个寸草不生的地方穿越整个祖国那样麻利。真的，她给自己缝上去的衣服前襟到现在也没有松开。她为认识的退休人员缝衣服，靠性价比赚点小钱。赚来的 3 卢布和 5 卢布在莫斯科换成了"塔米扬卡"①和"阿克斯塔法"②。那时候我好像是读三年级,我终于明白了继续靠妈妈资助已经不可能了。然后就碰上了一份不错的工作,首先是夜班,其次是高薪,然后是就在宿舍附近。并且还能和我的朋友一起打工。当地牛奶公司需要把奶粉还原成液体奶。我们拆开一个个 25 公斤装的袋子,把里面的东西倒进装有开水的大木桶里。在夜晚干 4 个小时,一天后,200 卢布到手了。换班回来后还能玩一会儿朴烈费兰斯牌③。同时,我在文学院讲习班的导师推荐我去一家大型出版社当书评作者。第一笔可观的稿费就是在当时得到的。总而言之,我开始每个月给妈妈寄 100 卢布。每一笔汇款都在小山村邮局产生爆炸性的效果。这都是伊杰娅·阿列克谢耶夫娜骄傲地告诉我的。很有可能的是,其他求学的孩子都

---

① 一种半甜白葡萄酒。——译注
② 一种半甜红葡萄酒。——译注
③ 一种纸牌游戏。——译注

只是啃父母的钱，而亲自从首都往小山村汇钱，在那里还真是独一无二的。能猜得出，他在那边混得有多好。当然，妈妈怎么也不会动用这么些个 100 卢布，因为她早就决定把这些钱攒起来，留着给想象中的未来的儿媳和儿子在莫斯科结婚用。妈妈拥有的不是钱，而是钱的概念本身，她对钱的理解纯净得连它的主要功能——购买力都过滤在外。自然，她不会对任何人说起这一点，她只是安静地沉浸在母亲十分无私的荣誉光环下。也许，正是她，一个不看重实际的妈妈才会生出来如此不重名利的儿子。原来，他读那么多书，写那么多稿子，根本不能说明他是一个十足的废物。

是的，一切始于钱。有一次妈妈从商店回来开始抱怨起售货员来。她站在客厅，攥着 10 卢布，却不像平时那样，声音明显很激动。起初，我没有当回事。这实在太像老年人对现在市场秩序、对投机取巧的小贩们，主要还是对像跳蚤一样跳来跳去的无耻价格的公愤了。这有点像往电视上吐吐沫的行为,如此有感染力。过了两分钟,我从厕所里出来,发现节目还在上演,登台表演的不只是妈妈一个人了,还有列娜,她似乎真的想竭力弄清楚是怎么回事。我爱人和我妈妈从一开始就相处融洽,而且从我们搬到这所房子住之后关系越来越好。理由很简单:从第一天起妈妈就把家里厨房、家务、钱等所有管理权全部交给了年轻的女人。她给自己留下的是最枯燥无味的——为市政服务交费。并且,家里只要我是打破平静和秩序的主犯,那么妈妈仅出于天生的正义感就必定会站到妻子一边。妻子作为回报,悄悄地把永远被读了太多书的儿子在思想上压制的老太婆置于人道主义保护之下。妻子永远都是数落我对妈妈太不关心,妈妈和我们一起住,却总是像一个人那样独来独往,简直是被儿子的权威粗暴地践踏已久,而儿子的权威最好派上更合理的用场。

现在就是与钱有关的故事。列娜去了商店,显然是想讨回公道。她善于同商店里的人聊天,用不知疲倦的礼貌和对自己权利的知情度耗尽他们的精力。约 15 分钟后她回来了,面色发窘。原来是这样的。伊杰娅·阿列克谢耶夫娜想在面包铺用面值 10 卢布的一张纸币买下价值 24 卢布的一包油酥饼干。

——我在她面前很不好意思。——列娜说,她指的是售货员。——人家说了,跟您家老太太解释 5 遍了,但她还是固执己见。

我们惶恐不安地向妈妈房间的门瞟了一眼。静悄悄的,不过感觉得到,里面在等待调查结果。随后是异常艰难的谈话。不得不打马虎眼,最近货币变换得太频繁了,就是年轻人弄混了也不足为奇,而不是……我看了一下妈妈的眼睛就明白了,我说的话她一句也不相信。她把目光投向列娜,列娜也是结结巴巴语无伦次地说着同样的话。非常不愉快,但不得不承认售货员是对的。

——好。——伊杰娅·阿列克谢耶夫娜说。——你们搞清楚了。谢谢。

荒谬的窘境：明明知道自己没错，但同时却又是一个不折不扣的叛徒。以前有几次：凌晨时分我违反了前一天晚上"再也不这样，再也不"的诺言，偷偷摸摸回到家，满脸堆笑地吻着妈妈，无耻的手指从不设防的老太太的钱包里抽出皱皱巴巴的最新版纸币，然后再跑出去喝点啤酒，丝毫不觉得自己是付不起10卢布事件中那样的败类。

当天晚上，我偶然进入一个书店——我经常这样，无意间看见一本很棒的出版物——法文小说《克洛什梅尔闹剧》。我买下了，为了改正不存在的错误。我想，提起年轻时候的事会让她高兴起来。回到家，交到她手里。她仅仅看了封面，就问，以后是否继续委托她支付房管处的汇划单，还是必须拱手交出。你说什么呢！说什么呢！当然，这是你的……意思是……总之，你付。最近三个月在这方面没有闹出任何经济上的误会，我和列娜已经认定，10卢布事件纯属偶然。

列娜常常跟我唠叨，她怎么老是一个人坐在自己屋子里,像蹲小号似的。其实,妈妈已经好久不来烦我们了,往自己带圆点儿的茶杯里倒一杯茶,用医生牌香肠做一个三明治,然后回自己房间。回到以前曾吐口水的电视机——尼古拉那儿。她把自己已经有点发颤的手按向了国家政治脉搏。所有选举、所有全民投票,"是"、"是"、"不是"、"是"都就着热茶经过她的心。最大的不愉快在于没人和她分享感受。我,经过她多年检验,不适合干这个。她认为,我脑中完全是浆糊,我想,在生命的尾声她得出的就是这一结论。而且,她厌倦了我的偏激易怒,也厌倦了我的姑息迁就。那些永远坐在入口处长椅上的老太太们,也不适合去交往。她们对院子里的政治比对杜马政治的兴趣更大。家长里短、搬弄是非,这些伊杰娅·阿列克谢耶夫娜不感兴趣。"愁眉苦脸"是她对退休人员的评价。令她特别伤心的是鞑靼人加利卡,貌似是个不错的干部,30 年代是拖拉机手,几乎是第一位用机器播种的穆斯林女人,却没有一点儿觉悟。背着一个脏脏的、从巴黎百货商店

伊杰娅

Tati①买的方格图案的书包步履蹒跚地走路,捡瓶子,经常小喇叭似的说谁出卖了谁。还有一个塔马拉·卡尔波夫娜,中校遗孀,用妈妈的话讲是一位"有教养"的老太太,但耳朵几乎完全聋了。如果其他所有老太太都叫妈妈"阿列克谢耶夫娜",那么这位老太太却是叫她的名。②"嗨,伊杰娅! 去散步了?""嗨,伊杰娅! 买面包啦?"回答她这些话没什么意义。

对于温和善良、满脑子过时思想的妈妈而言,理想中适合她的是凸纹布做的男式西装背心的圈子,妈妈也许会在这个圈子中成立女人帮。周围的老头儿们早已相继死亡,佐证了报纸上关于男性老人的寿命比老太太少十岁的

---

① 法国著名廉价商店。——译注
② 俄罗斯人的姓名由名、父称、姓三部分组成。俄罗斯人一般口头称姓,或只称名。当表示客气和尊敬时称名字与父称。本书后文中列娜称呼婆婆"伊杰娅·阿列克谢耶夫娜"就是一例。在口语中,人们对有生活经验的年长者只称呼其父称。家人和关系较密切者之间常用小名或爱称。——译注

论断。而那些还在世的老头儿手里拿着钓鱼竿坐在隔壁房子后面的池塘边钓鱼。唯一能够解闷的就是诺金上校，因为他什么都懂，他们俩对所有事情都有相同的见解、相似的愤怒，唯独一点不好的是，他们甚至连电话交谈都很少，因为他在医院度过的时间比在家还多。

就这样，伊杰娅·阿列克谢耶夫娜坐在自己的房间里。当我渐生愧意或者当连卡①的指责令我厌烦时，我就会走进她的房间，坐在又旧又破的圈椅上，克制不自在感，随便聊起一个话题。关于过去，妈妈不愿意回忆，总是只谈少量细节。我感觉，好像她不完全相信我感兴趣，我对她那些宝贵经历的指指点点令她难为情。无缘无故地突然出现在眼前，请给他讲一讲格里戈里舅舅怎么喝茶。我势必还要提醒一下：有点吝啬、留小胡子的大马贩子，手掌上放着一小块黄糖，用小刀砸成像云母一样的细小块粒。

---

① 列娜的小名。——译注

用这些细小块状糖能"喝好几杯茶"。她点头,是的,对。
这就算回忆了一下。

我试图搭建政治桥梁的情况更糟。我给她带回来《明
天报》,抱怨社会,嘲笑叶利钦。但她没有把这当成亲人之
间在政治方面构建心灵连结的行为而感到高兴,只是不好
意思地笑笑,毫无激情只是走走形式地点点头。我曾想
过,她不过是开始对政治领域不感兴趣了,但并非如此。
有一次我坐在她旁边,努力营造出一场谈话,妈妈点点头,
叹了口气,电话铃响了,她抓起话筒立刻笑逐颜开:"阿尔
谢尼·萨韦利耶维奇!"是诺金打来的。很快我就感到自
己在这场电话生活的欢愉中十分多余。

我前面提到过,妈妈和妻子之间形成了一种反常的关
系。婆婆完全不参与家里女主人的权力之争,做到这个份
儿上甚至都让儿媳有些许不忍的尴尬。连卡决定什么时
候我们买什么样的冰箱,什么样的印花壁纸贴在哪里,如
何重新摆放厨房里的家具,厨房里铺什么样的地板革,她

还知道不会有任何反对意见。为此,有时她会有"伺候"老太太的愿望。亲切周到地关注她的饮食。第一,她总是正确地称呼妈妈伊杰娅·阿列克谢耶夫娜,不再不知不觉地叫成简称,也不叫教名。第二,她比任何人都更经常地提醒她的糖尿病。"哎呀,伊杰娅·阿列克谢耶夫娜,您怎么总是吃面包加香肠,哦,还有茶,我来给您煮点燕麦粥吧。"有几次妈妈以各种借口回绝了,有一次甚至说这是医生向她推荐的食谱。

——噢,只有死亡医生才能向您推荐这个,向糖尿病人推荐医生牌香肠①。全是淀粉。

妈妈像往常某些不恰当言行被揭穿之后一样,温和地叹了口气,说出了实情。

——你知道的,连卡,我吃什么都没味儿。只有这个

---

① 前苏联各国家喻户晓的一种香肠,因脂肪含量低,被认为是符合病人饮食规定的食物。——译注

香肠……

列娜对待妈妈的客人非常真诚热情。最常来我们家的是阿尼卡·库利申科的女儿们,她们都嫁给了军官,总是随丈夫和孩子们时不时地从国家的西边迁到东边,从北边迁到南边。每次都路过莫斯科。神经衰弱与殷勤好客是无法并存的两样东西,每一次客人来访对我而言都是场噩梦,列娜怕伤客人的心,把我安排到不显眼的位置,为这个家赢得了声誉。她同女人们欢畅交谈,往小孩子手里塞糖果。妈妈非常满意,心存感激,说我娶到列娜很有福气。

有一次电视上播放著名的苏联影片《只有老兵去作战》。列娜一下子活跃起来,她也知道以前在哈尔科夫列昂尼德·贝科夫追求年轻女演员伊达·舍维亚科娃的故事。"去,去把伊杰娅·阿列克谢耶夫娜叫来,让她和我们一起好好看看电影。"

我很高兴有这种搭建桥梁的机会,因为倒霉的 10 卢布事件后,我觉得我们之间横亘着沉重的不理解的裂痕。

我自我感觉非常好，就像领着妈妈去市场买靴子时一样好，我把她领进我们的房间，来看明显比她的电视好得多的电视，让她坐下来，说，看吧，请欣赏。

只要屏幕上出现列昂尼德·贝科夫，我和列娜就好奇地瞟一眼伊杰娅·阿列克谢耶夫娜。她很专注、严肃，似乎她的脸上闪耀着超过观看好电影时通常会浮现出的东西，某种亲切的意味。贝科夫一直出现在银屏上，可据我观察妈妈的脸，我怎么也不能得出一个明确的结论。

电影演完后她问我电影叫什么名。我稍微眯缝着眼睛告诉她了。妈妈叹了口气，从沙发上站起来，用教训和笃定的口气说：

——是的，儿子，现在是只有清一色的老头们上战场、而年轻人只知道在迪厅里吸烟的年代。

——什么只知道吸烟，还跳舞呢。——我闷闷不乐地反驳。

——看，看，你还开玩笑，对你来说无所谓。可应该做点什么。

不知从什么时候起我发现妈妈喜欢上了散步。起初我感到高兴,终归不再手里拿着一截医生牌香肠一个人坐在电视机前了。我们楼和临近的楼里照例是老太太很多,她们早就送走了自己的老头儿,住在儿子家、女儿家或者一个人住在合住房里度晚年。她们不是在楼前的长椅上聊些家长里短,就是在楼间的两条柏油路上一边散步一边聊些家长里短。一派和谐景象。我觉得,妈妈降低了自己精神需求的标准,情愿聊些家庭腌菜、血压等话题。队伍很庞大。不过我高兴得太早了。有一次我需要尽快找到她。那个哈尔科夫的阿尼卡·库利申科,她的女儿们偶尔会坐飞机到我们这里来的阿尼卡·库利申科不早不晚偏偏这个时候打来了电话。我为自己曾对他们不太热情的态度而心有愧疚,我决定改变他们对我的印象。而且当时心情比较合适,不知为什么心平气和甚至有点欢欣雀跃。我对妈妈的老朋友说,非常高兴听到她的声音,当然也还记得她。妈妈经常讲起您……有整整一本相册:她们一起排练、一起在捷尔任斯基广场上、"戴那样的呢帽"、同她们在一起的是两个身穿长大衣戴眼镜的男人。一个高个儿,另一个……"对,对,那是谢夫卡和佐里卡。"是,我听说过,妈妈讲起过。我最喜欢的照片是:她们在那么年轻的时候在哈尔科夫的一个公园里傻闹,假装想吃花坛展板上画的大个儿草莓。阿尼娅①阿姨哈哈人笑起米,我从声音中感觉得到她非常满意。"是,有过这事儿,当时年轻啊,现在一身病。我给你织的高领毛衣要织完了。""谢谢!"

——伊多奇卡现在在哪儿呢?

我说,她在外面散步呢,"医生让多进行户外活动",不过我现在就去找她,很快,我跑着去。十来分钟之后就可以再打电话了。

妈妈不在院子里。那就应该在池塘边。池塘离最近

---

① 阿尼娅是安娜的小名,阿尼卡是安娜的爱称。——译注

的楼约有 100 米,是我们小区毫无争议的奢侈物。池塘周围环绕着干净的柏油路,路边种满了杨树、椴树。有老年人区、钓鱼区和遛狗区。夜色渐浓,两伙醉汉在车库后面胡喊乱叫,我快速地绕池塘一周,越走越感到奇怪,每一个椅子上都找不到妈妈。这哪里是她和我说的"散步",拖着"病腿"。我出来走上柯罗连科大街,后来走向奥列尼堤岸,向两个食品店望了一眼。那儿也没找到她。我有些不安了。还会发生什么?! 还没来得及陷入恐慌,放眼一看,那就是她。一个我不认识的年轻女人搀着她沿着大奥斯特罗乌莫夫斯基大街走。我判断,她是朝家的方向走。原来,伊杰娅·阿列克谢耶夫娜正在年轻人中寻找同盟者和交谈者。总围着她转的有一些"半大小子"和"黄毛丫头",她总是设法凑成一个业余文娱活动集体,办一个类似哈尔科夫民警局白菜会那样的组织。伊杰娅·阿列克谢耶夫娜不想让自己的心变老,与正在成长的一代在一起就很容易避免衰老。我和列娜,对于她来说已经有点老了。尤其是我。40 岁,胃溃疡,还厚脸皮。一想到白菜会,我有点胃灼热。

我走到这有趣的一对儿跟前。

——噢,妈妈,你干吗吓我?！我跑啊跑,到处找你,可你……

姑娘高兴地打量了我一番。

——您是……她儿子?

伊杰娅·阿列克谢耶夫娜叹了口气,回答她:

——是的,是我儿子。——能够想得到,她已经不把我视为自己活着的动力了。

——太好了,您的妈妈好像迷路了。您知道,我看在兹纳缅斯基体育场附近,她都不像她本人了,这才是她。我记得她,以前她经常到我们办事处来。

——我没有迷路。——妈妈边说边抽出还被姑娘挽着的手,开始往家走,好在家就离这几步远。

——多谢。——我向姑娘点头致谢,尴尬地两手

伊杰娅

一摊。

——我在会计室工作。

——啊？——这在当时对我而言并不是重要的信息。——非常感谢您……

——要知道，您无论如何应该来一趟。

我目送着在街角处正要拐弯的妈妈，同时努力地向姑娘报以多少有点儿关注的一笑，虽然，我怎么也弄不明白她想让我做什么。

——当然，我争取，顺便过去看看。会计室？

——是的，就是这儿，就在医院后面。

——好，好。怎么称呼您？

——这不重要。

——嗯，就这样。——我点了点头，尽管办事处姑娘的建议已经让我云山雾罩了。——好的，我去看看。

——只是要尽快，否则时间来不及了。——她转了一个弯，沿着大奥斯特罗乌莫夫斯基大街原路返回。

——再见，谢谢您。

当我跑回家，妈妈正在打电话。站着，下巴抬得高高的够着话筒，好像在打一个正式的电话。

——我当然都记得。不过现在不是这么回事儿。我们不能分心，不能放弃。应该让余下的所有力量都抱成一团。还要忍耐一下。援助从哪里都等不到，只能指望自己的力量。再见。

然后她放下了话筒。

——谁给你打电话，你的阿尼卡？

——对。

——啊，你为什么这样和她说话？！

妈妈苦笑了一下。

——还能怎么说？儿子，时间就是这样，不能换种方式说。人一旦失去了锐气，一切就都完蛋了，脱离队伍了。

——听着，这是你的阿尼卡·库利申科，你最好的朋友，你竟然亲自……

——你什么也不懂。——妈妈说,趿拉着鞋走进厨房。我追上她。

——等一等,也许你没明白,她是阿尼卡,哈尔科夫的。

——你也是从哈尔科夫来的。——妈妈一边切下一截香肠,一边平静地说。这让我在一刹那哑口无言,因为我确实在那个城市出生。但我不想退步。

——等一等。

我钻进她的房间,希望找到那本装老照片的相册。国立哈尔科夫大学毕业班合影、民警局之家白菜会、吃画上去的草莓、滑稽短剧《破旧的别墅》、歌剧《多瑙河彼岸的萨波罗什人》咏叹调。这些都是不可思议的,但相册没能找到。又厚又重的一本相册。后来才知道是连卡拿它去压什么东西了。

妈妈站在房间门口,喝了一口茶。

——这算什么,搜查吗?

——你拿哪儿去了！——我扯着嗓子喊，尔后立刻想到了，这……然后温柔地接着说："阿尼—卡，库—利—申—科，女—伴。一个月前,她女儿带着丈夫和儿子到我们家做客。原来就这样。"我看到杂志桌兼餐桌的边缘上放着的《克洛什梅尔闹剧》,就详细地向妈妈又讲述了一遍与这个书名有关的所有故事。她听得很认真,喝了一口茶,吃了一口面包夹香肠,然后突然开口：

——你可以把它拿走。还有这个呢。

她把茶杯放到电视机上,开始翻柜子,那是她放针线扣子的地方——这让人想起她当过裁缝,还有我的波尔图葡萄酒。她把一本厚厚的、淡紫色的、泛着银光的书放到法文小说的上面。那是圣经。

——拿着。

我把书拿在手上转了几下。

——你在体育场干什么了？

她只是笑了一下。

——那里有那么多孩子。他们前景一片大好。

这件事之后的几天，一切正常。妈妈平静如水，没有
任何异议地听取了我关于她一个人离开家不安全、即使谢
天谢地不被车撞到也有可能迷路的劝告。应当定期服药，
否则她自己也知道会"不省人事"。从向妈妈解释什么是
糖尿病的那一刻起，妈妈就一直害怕这个词。她点点头，
指着带说明书的小瓶，表示她清楚情况的严重程度。

——你要理解，列娜白天都在上班，我有时也需要出
去，我不能总是看着你。

——我理解，儿子，我理解。——她无比真诚地点
点头。

但这全都是狡猾的手段。只要一有机会，她就会想办
法离开家，踏上自己的旅程。路线总在变化，没有任何逻

辑规律可循。有一次我在一群常坐在椅子上聊天的老太太们中间发现了她，不过我明白，不值得高兴，这只是偶然的巧合，只不过是路线碰巧有交叉而已。

当我在较远处的大院里逮到她后，她不满地皱了皱眉，好像我妨碍了什么重要思路，不过她还是顺从我听话地回了家。她听我的话，每次都更像是听生硬的说教。

——你在和我搞什么鬼？我睁大着眼睛跑，可你也许就被汽车压过去了。难道我就不能离开家吗?! 你理解理解我，我有事，有时还是重要的事，我坐在那儿都胆战心惊，我的好妈妈那儿有没有发生什么事！你稍稍挪一下脚自己看看！不知道什么时候就会掉到沟里，我都找遍了！如果你想散步，那么等我在家的时候我们一起出去！

有时候我觉得她理解我，我终于敲到了她内心深处。她向我郑重保证，再也不一个人离开家溜达了。她的眼神是通情达理的，不过她也撇嘴，说，她自己也知道她血管硬化了，她喝点吡乙酰胺一切就会都好起来。

一切还是重复上演。

——唉,难道要把你绑到暖气管子上!

她眼里突然噙满了泪水,一本正经地请求:

——不要把我绑到暖气管子上。

有一次我找她找了很长时间,边找嘴里边骂人,我仔细查看了车库、商店后面,围着建筑物转了一圈。几乎是很偶然地在幼儿园入口处发现了她。她站在进门处,好像在决定做什么事情一样。我的出现令她十分难过。

——你在这儿干什么? 回家!

她没有像往常一样立刻顺从然后像做错了事一样跟着我走,而是转过身去嘟囔:

——我应该去那里!

——为什么?

——我应该去那里!

——那里是幼儿园! ——我脑中什么东西一闪而过,也许孙子梦发展到病态的程度了。她恳求过我多少次了,为此不知叹了多少次气。

　　——那里是幼儿园。你应该去什么幼儿园啊。回到童年?!——我说最后一句话时声音中带有一丝卑鄙的挖苦,结果又霎时涌起强烈的恻隐之心,但气愤同时又无处可藏。我没能透过这些纷繁杂乱的情绪立刻明白她对我说的是什么。

　　——那里一个来自俄罗斯的人也没有。——她突然坚定地说。

　　——什么? 什么?

　　——那里一个来自俄罗斯的人也没有。没调查完。

　　哎呀,原来是这个! 我又冒出了一句愚蠢的嘲笑。

　　——那里是联合国吗? 我国忘记派代表了,啊?! 你决定用你的胸膛去挡炮眼。好吧,那就打开门,进去! 你还等什么? 那里没有来自俄罗斯的人,而你却在这里瞎晃悠。

　　——我紧张。

伊杰娅

——什么？什么？

——这是十分负责任的。

我四下看了看，看有没有人在观看这场盛大的演出。

——妈妈啊，我求求你了，走吧。这是幼儿园。——我几乎在哀求她。

——你自己就是幼儿园。——伊杰娅·阿列克谢耶夫娜硬邦邦地说，她的侧面浮现出一丝冷漠。

——够了！——我大叫起来，抓起她的胳膊拉着她跟我走。我最担心她反抗，那时家庭大戏就会以惊心动魄和令人蒙羞而收场。没反抗，她跟着我走了，但做出对于所发生的事情依然坚持己见的样子，而现在不过是屈服于粗鲁的武力罢了。

路上我又对她说了很多话，但说得越多，我越能确定，我的话被她当成耳旁风了。妈妈的脑袋仿佛是一个黑暗的不透光的物体。

塔马拉·卡尔波夫娜坐在长椅上，当我们从她身旁经

过时,她以她那空洞傲慢的语气打招呼:

——嗨,伊杰娅,溜达去了?

于是,晚上我向妻子宣布,"当我们外出时,必须把她锁在家里"。因为大门上的两把锁永远能从里面打开,怎么也没有时间等钳工来把它们安装成能从外面锁、随身带着钥匙的那种,所以一大早我跑到日用品店,买了一把不大的挂锁。它看上去不是十分牢靠,不过我也羞于买一把真正用来锁板棚的锁。大大的锁似乎是我承认妈妈真的发疯的证据。一把精致的小锁,让我一方面为自己的智慧而高兴,另一方面是希望的象征:一切都还能够井然有序。有时她完全正常。我怎么能上锁!像撬锁的小偷那样暗中聆听,千万不要有人下楼正赶上我在做这件奇怪的事情。我特别希望能用什么东西来掩盖这个封闭家门的装置,如同希望掩盖自己的耻辱一样。

我向地铁站跑去,在邮局附近正好遇见那个邀请我到办事处去一趟的姑娘。我讪笑了一下,以示我还记得她,我们之间有着某种关系。

——您为什么没来？——她认真地问。

噢，我能怎么回答她呢，我真的是没工夫，完全没有时间。

——嗯，我……

——您已经四个月没交公寓杂费了。要收罚金的。

哎呀，原来如此。我们家是妈妈负责向国家交付各种费用，而我早已习惯，这方面我们家一切正常……而且后来，我经常看到，她鼻梁上架着一副眼镜站在窗前翻看这些汇划单。我甚至想都没想那起 10 卢布事件之后……

这一天同往常一样。我往家里打了两次电话，妈妈接电话时声音平静、十分理智。我试图通过打电话来判断，她有没有尝试着走出家门，她在家里被软禁这一事实是否令她感到委屈。似乎一切正常。

我去一个编辑部取版样，在那儿喝茶时聊起了一个有趣的话题。这很罕见，因为在编辑部里有趣的话题一般都是私下谈论的。谈到了 30 年代斯大林的外国客人。费赫特万格尔①、纪德②等等。斯大林为什么需要他们，显而易见。需要境外宣传的喉舌。可吸引他们的是什么呢？不是膏脂满盘的招待会，不是被一个国家元首接见的虚荣心。一个人这么认为。另一个人说可能是好奇心使然。任何一个艺术家，只要是真正的艺术大师必然是反资本主义的。他的世界观在资本、利润和其他利益的世界里窒息。他把手稿卖给资本家出版商，非常害怕自己的灵感不知不觉也同时卖掉。他幻想不用为了钱而把所有手稿都卖掉的世界。突然告诉他，有整个一个国家，是个大国，在那里人类历史上首次建立了不以钱为重的社会。当然要去看看，用自己的双眼去探寻一番。因此西方知识界对苏

---

① 又译福伊希特万格，德国小说家，于 1937 年初访问莫斯科，将访问经历写成《莫斯科 1937》一书。——译注
② 即法国著名作家安德烈·纪德，1936 年受斯大林邀请访问苏联，根据访问期间的所见所闻撰写了《从苏联归来》一书，1937 年出版《为我的〈从苏联归来〉答客难》一书。——译注

联的好感完全是真诚的。一个真正不用钱的世界，是显灵的奇迹。苏维埃国家与其说强迫别人接受自己，不如说是真正有吸引力。不仅仅是 30 年代，还有 50 年代。那个时候我读了略萨的长篇小说《"大教堂"长谈》①，里面描写了我国解冻时期利马大学的学生，他们讨论的就包括文学问题。一个人宣称，我刚读了卡夫卡的《审判》②，另一个回答，我正在读《钢铁是怎样炼成的》，于是大家齐声喊，奥斯特洛夫斯基当然更给力。有人宣布，市郊的电影院在放映苏联电影，大家立刻都跑去集体看电影了。这就是利马丑闻。

　　喝完第三杯茶，我感到身上有什么地方不自在。啊呀，我在这儿谈费赫特万格尔，可我的母亲还锁在家里。不过，再往深处想一想，她与这场谈话有着最直接的关系。

---

① 又译《酒吧长谈》，因书中主人公在名叫"大教堂"的酒吧里谈话而得名。——译注
② 又译《诉讼》。——译注

列宁只是打算告别金钱思想,而我那亲爱的妈妈在现实生活中实现了这一点。在她鄙视金钱的时候,一切却都取决于金钱,现在她根本不再去理解钱是什么,完全解脱了。有人断言,钱在我们的世界里某种形式上扮演着圣灵的角色。渗进一切、衡量一切、参与一切,甚至想法都在金锭磁场中受磁力的影响。一个现代人离开受金融制约的世界不能生存。我敢肯定地说,那是瞎说,因为实践是检验真理的标准。我的实践经验表明,完全挣脱金钱的制约,也有人继续生活,并且过着人类社会的生活。这就是我家的老太婆,已经约四个月不知道一个大面包与纸币上的数字之间的关系了。如果她还没有忘记,不久以后也必将会忘记这些纸还完全有某些用途。是的,我清楚地记得她收到给她送到家里的退休金时的情形。"请您点一点,请您点一点",邮递员请求她,而阿列克谢耶夫娜只是神秘地微笑着。她不理解这个程序的意义。我妈妈像以前一样是家庭成员、选民、某些人的聊友。尽管只是诺金同志的聊友。

　　我从地铁站快步往家走的时候，不合时宜的嘲讽让我的脑中不怀好意地冒出这些想法。尽管抽象，但我还是把自己的母亲带到了实验状态。与其在全面开放的社会里怜悯她，不如我把她和费赫特万格尔放在一起理性地衡量、比较点什么。但人体是不是就是这样的构造，有好几个系统自动在人身体里同时工作，既有怜悯系统，又有评价系统。或许，最好应该有等级排位，只不过人们至今也没有商量好由谁当头儿。仿佛最正确的做法就是当智慧占上风的时候，由智慧来安排好一切，给所有自然的情感和精神运动安排应有的位置和方向。只能这样，别无出路。

　　关于讽刺……当时我并没有具体想这些，但也不会有更合适的地方提到这些。我藐视一切讽刺，我把它推到最边缘。可讽刺还是由此产生了。在那些日子里我一秒钟也没有真正相信过妈妈会在可预见的未来死去。只有抽象的概念：所有人都会死去，所以伊杰娅·阿列克谢耶夫娜也会死去。在童年,有时是在板棚里,有时在宿舍,经常会醒来听一会儿,妈妈有呼吸吗?非常清晰而可怕至极地想象着:她死了! 现在她已经70多岁了,有糖尿病,脑子迟钝了,她对我而言完全是不可分割的,是上天赐予我的永恒存在。我作为一个活物活着,根本无法理解她很快甚至很容易就会死亡这件事。也就意味着我没能真正地去珍惜她。这个讽刺就是不珍惜的体现。当她拽出自己的床单当装饰用的绦带时,连卡已经悄悄地在张罗墓地的事儿了;当她提出类似"那里一个来自俄罗斯的人也没有"的问题时,我总是在嘲笑她。大声斥责她,生她的气,甚至最不着边际的是,当她不履行实际上已经没有能力履行的诺言时,我会抱怨她。

走进单元门,我害怕起来。还什么都没看见时就明白过来:一定是发生了什么奇怪的事儿了。

我的小锁被拽下来了,我仿佛被抽了两鞭子,惊恐而羞愧。但我没有时间用来感受情绪,我发现门稍稍开了一点儿，门里面传出什么人说话的声音。明显是外人。入室抢劫！正好在前一天晚上我看了一个教人如何应对这种情况的电视节目。无论如何不要进去，应该叫来邻居、民警，大喊"着火了！"。我小心翼翼地向自己这边拉开一扇门。客厅里站着两个女人。一个上了年纪，一个年轻。两个人都不高，从面相上看怎么也不像强盗。她们看到我，甚至有些腼腆起来。

——哦，您好。——年轻女人说，——请原谅，我们……

——妈妈，你在哪儿！？——我越过她们的脑袋向房子里面喊。

——您，知道吗？事情是这样的……——年轻女人显然是感到尴尬，试图向我解释。我砰的一声，很响、几乎是吓人一跳地关上门。

两个女人身后出现了一个年轻的男人，不，是小伙子，约摸十八岁。

——太好了,您回来了。——他明显松了一口气说。

——妈妈!——我喊了一声,同时感觉不会听到她的答应声,坚定地往里走,拨开莫名其妙的两个女人的手,往里冲。小伙子自己跳开给我让了路。妈妈的房间里没人。旧大衣柜门敞开着,柜子里布做的东西被拽了出来。鞋子、旧床单、没套枕套的枕头。装旧文件、信件的包。可能还是——贼!我猛然转身擒住小伙子前臂,他满脸愧疚地微笑,显然没打算作任何抵抗。

——她在哪儿?!

——阿尔谢尼·瓦西里耶维奇叫我们来……

——哪个阿尔谢尼·瓦西里耶维奇!你拿了什么?这里发生了什么?!

这时,在一旁的年轻女人插入了我们情绪冲动的对话,开始语速极快爆豆般地说个不停。

——当然,请您原谅,我不想这样,可结果就是这样。

——你们是什么人?!

伊杰娅

——看，这是莱默夫人。

——哪位莱默夫人？为什么莱默夫人在这里?!

老太太高兴而有力地点点满脑袋灰色精致烫发的头，以示确认她就是莱默夫人，甚至还对出现在此表达了高兴之情。

我看了一眼小伙子、老太婆，穿过走廊，来到第二个房间、第三个房间、厨房。我在厨房门口停了下来，看着这奇怪的三个人，我背过身去号啕大哭起来：

——我母亲在哪儿?!

年轻一点儿的姑娘马上回答：

——我们也在找她。这不莱默夫人专程而来。特意来，为了……她有信。

——又是什么信？

终于，我弄清楚了，灰发老太太是德国人，而这个嘴皮子利索的年轻女人是跟着她来的，大概是翻译。她对她耳语一番，老太太就去掏书包，配合地翻出一张对折起来的纸。这时小伙子插话了：

——阿尔谢尼·瓦西里耶维奇请我们来，您知道他，诺金。

——我不认识什么诺金。

——请看，——翻译塞到我手里一张纸，——请看，莱默夫人收到了这封信。

我不知自己怎么想的把那张纸拿到手里。

——阿尔谢尼·瓦西里耶维奇请我们帮助伊杰娅·阿列克谢耶夫娜。

——对，对，伊杰娅·阿列克谢耶夫娜的来信。请看，这是她的笔迹吧？

我打开那张纸，立刻认出妈妈的笔迹，完整的大字母，信不是用俄语写的，但笔迹不可能有错。

——阿尔谢尼·瓦西里耶维奇说，伊杰娅·阿列克谢耶夫娜被误锁起来了。

这句话让我有点儿喘不上来气。

伊杰娅

翻译从我手中夺去那张纸。

——信应该是用德语写的，但不是所有的词都能看懂。只有一部分，甚至是一小部分能看懂。莱默夫人花钱周游莫斯科，请我帮忙把她带到信封上的地址。

——伊杰娅·阿列克谢耶夫娜给阿尔谢尼·瓦西里耶维奇打电话说，她急需去看医生，她有糖尿病，您知道的！

——知道。

——这病不能停药，会导致严重后果。您忘了，还把门锁上了……

——莱默夫人想知道这封信里写的是什么。这让她花了所有心思。两年了，她只看懂了个别词。非常非常晦涩的词汇，甚至可以说是不太好的词："不宣而战"、"法西斯"、"杀人凶手"、"城乡"、"开火、流血"、"红军"、"侵略者必将灭亡！"、"歼灭！"、"胜利！"。

——我们来到这儿的时候，伊杰娅·阿列克谢耶夫娜说，想进门，得撬开锁，阿尔谢尼·瓦西里耶维奇也告诉我们要撬锁。

我一下子坐到妈妈房间里正中间的椅子上。

——这么说他就是那个诺金？共产党员？

——莱默夫人的父亲不是法西斯，莱默夫人本人也没有参加过"希特勒青少年团"，她是真心诚意寄来包裹的。

这些七嘴八舌向我袭来的纷言乱语让我想放声大哭，为了让头脑能够清醒一些，我摇了摇脑袋。一片狼藉的衣柜再次映入我的眼帘。我蹭地一下站起来，再次擒住小伙子的肩膀。

——我叫阿纳托利。——不知出于什么目的，他宣布道。

——她在哪儿？

——伊杰娅·阿列克谢耶夫娜？——诺金上校领悟力强的朋友又问了一遍。

——是的，是的，伊杰娅·阿列克谢耶夫娜，她在哪儿?!

这时不是"希特勒青少年团"成员的德国游客的声音突然冒出来。她张开牙齿镶得整整齐齐的嘴,声音从那里传出来:

——我,我,走,走。希特勒完蛋了。

——这样,她在门诊部。在医生那里。我说过了。萨沙也和她在一起。彼得拉科夫。

——明白了。听着,你在这里照看一下,阿纳托利,我走了,尽管那边还有彼得拉科夫。

——请您听着!——翻译随后冲我喊道。

我急忙从家里跑出来。思维已经没什么逻辑性了。好奇的德国人引来的"诸神盛宴"令我神经紧张地发出哼哼声,同时佩服起我那好像患有老年痴呆的妈妈的随机应变能力。老太太采取了一个不光明的行动吗!而上校,难道他同他的继任者串通好了?硬化症患者联盟。或者她假装正常而骗了他?

　　我们这儿离哪儿都很近。两分钟后我跑到了门诊部大厅。内分泌学家办公室旁边排着愁眉苦脸的一队人。逃出家门的伊杰娅·阿列克谢耶夫娜不在队伍里。我一边解释"我就是问问，我就是问问"，一边稍稍打开了一点儿办公室的门——医生桌子旁坐着一位老太太，但不认识。

　　——请问……

　　——关上门！

　　——我就是……

　　——赶紧关上门！！！

　　我是怎么了，实际上她当然根本没有去看什么医生。她兴致勃勃地去周围的院子集体散步了，这倒好，如果真的是这样的话，我边跑边找。一定给她弄一把真正锁仓库的锁。要是……我害怕得哆嗦起来。我想象着她乘无轨电车，无轨电车带着她，开到哪一个终点站，她徘徊街头，瞪大无辜的眼睛寻找联合国安理会会议大厅。一帮喝醉的年轻人,边喝"柯林斯基"①,边发出嘲弄的狂笑声……我想起童年的尴尬旧事。那时也是年轻人,裸体的。只是裸体现在完全变成了另一副样子,但羞愧却更加强烈。在这个世界上有什么比一个患病的、孤零零的、神经有点错乱的老太太更容易受到伤害的呢?等一等,为什么孤零零?他们许诺的彼得拉科夫在哪儿?!要知道,诺金忠实的亲兵不会放下他托付的党的老太太不管的。

我迷茫地走出他们的诊所,在斯特罗门卡岸边停了下来,打算想一想,眼下应该怎么办,从哪儿开始。

街对面是用低矮的铁栅栏围起来的兹纳缅斯基兄弟体育场。内心深处有什么东西撞了我一下,然后我明白了,正是它。体育场!就是说,体育场?对,对,就是体育场!我凝视了一会儿,当然……横穿车流。我一下子蹦过围栏,跑到环绕着草坪已经枯萎的足球场的柏油马路上。

---

① 一种啤酒。——译注

我停了下来。迎面过来一支游行队伍。走在前面的，中间
的——是她，从家里逃出来的妈妈。她穿得很古怪——春
秋两季穿的旧大衣。费力地挪动着双脚。脚上穿的是松
垮的冬季高靿毡靴，拉锁敞开着。花白的短发蓬乱地戳立
着，但眼神坚定，嘴唇紧闭。两个年轻人小心翼翼却又稳
稳地挽着她的胳膊，他们脸上没有一丝嘲笑的表情，身后
是一纵队满脸关切、身穿运动服的小孩子们和人孩子们。
衣着古怪的老太太不知用的是什么方式中止了他们的锻
炼，她排进队伍里，带领大家走。她真应该穿冬季衣服。
为了羁押吗？她怎么回事？是带领大家去喀山监狱，还是
打算奔赴光明的未来？但没有一个人嘲笑她，仿佛这群光
脚的少年认真地接纳了老太婆的计划。

　　我跑过去后，看到妈妈的后脑勺有一个血红色的大
包，稀少的头发盖不住这个包。大家知道我是家属后，"半
大小子们"和"黄毛丫头们"把我围住了，争先恐后地告诉
我刚才发生了什么。原来，他们在"锻炼"，奶奶"突然出现

了""抬起胳膊"，然后"一下子向后摔倒了！"

——好的，谢谢，谢谢，对不起。

我拉过妈妈的手，试图挪个地方，费了很大力气才成功。仿佛她身体里有一副硬硬的、沉重的骨架。她全身紧绷，完全不配合。

——妈妈，走！——我趴在她耳边低声祈求，一缕被汗水浸透的斑白的头发挡住了她的耳朵。我觉得周围人对我们家庭窘迫处境的关心是一时的。现在只要他们弄清楚一切，就会明白这是多么荒谬丢人。

——妈妈，走！

走了没几步，伊杰娅·阿列克谢耶夫娜向前转过头来，极尽僵硬的脖子所能做到的，用一种陌生的声音请求道：

——放开我，同志。

运动员们在原地不知所措。

——同志，叫救护车！——一个十分难以想象的、陌生的、令人憎恶的、鼻音很重的声音从我母亲口中传出。

——你在干什么？老流氓，你在想什么呢?!——我上气不接下气地对她低声说道，我的声音在空气中断断续续，喉咙几乎发不出声音来。

——这是儿子，儿子。——有人从后面半信半疑地说。也许是传说中的彼得拉科夫。

——哈—哈—哈。——妈妈像演戏一样人笑起来，不过这话还是对她多少起了点作用，反抗减弱了。我们朝家的方向慢慢挪动。我感觉妈妈总是想说什么，可她的力量不够，鼻咽部游丝般的气息发出呼哧呼哧的声音，不听使唤。到了楼门口，她一下子想起来应该做什么了，应该攒足力气声明。她停了下来。

——你不是儿子。

——对，对，我不是儿子，我是恶棍，我是酒鬼，不过咱们还是回家吧！

单元门入口处的长椅上坐满了人，比进行角斗时大斗

伊杰娅

兽场里看台上的人还多。都是经常在此的老太太们、酒鬼们、文质彬彬的邻居们,彼时背包路过长椅的人们,甚至还有莱默夫人和她的女翻译。这 20 米我和妈妈走得异常艰难。她发出呼哧呼哧的声音,时而鄙夷冷笑地撇一下嘴,时而因严重面瘫而嘴巴歪斜,像一尊弯背的石像一样毫无节奏地挪着脚步。我浑身是汗,恼怒不已。没有左顾右盼。清一色的"应该叫急救车"的愚蠢建议远远地悬在我的脑袋上方,却没有一个人敢靠近我们。国际游客也不死乞白赖地维护德国正义了。不过我想,她已经看到了足够多的事实足以得出对自己有利的结论。

只有曾被妈妈预留为交谈对象的塔马拉·卡尔波夫娜在一片沉寂中发出特别大的声音问:

——你干什么呢?准备去死吗……阿列克谢耶夫娜?

然后是卧床,医生,两周的完全不省人事。总之,不是闹着玩的。手忙脚乱,大量的纸尿裤。

她生命的最后一段时间过得很安详。几乎所有时间都是我一个人和她呆在家里。我读书,看驯服下来的、小声嘟嘟囔囔的电视。我特意打开电视,我总觉得妈妈在关注屏幕上播放的内容。有一天,放映的是一部反映苏联生活的纪录片,屏幕上出现欢乐的节日游行队伍,一个呆板的傻瓜突然大喊:

——达—兹德拉斯特武耶特—佩尔沃耶玛亚①! 国际劳动者团结日。

妈妈突然笑了一下,喃喃地说:

——我的杜霞来了。

就这样她死了。

---

① 意即五一节万岁。——译注

伊杰娅

译后记

　　刚拿到这本书的俄文稿时，正值北京干冷而多风的隆冬时节。本书开头对鞋子的描写，对莫斯科冬季道路的描写，一下子把我的思绪拉回到童年和少年时代。

　　我是在中国最北的省份黑龙江出生和长大的。对家乡最深的印象便是有关冬天的。

　　松垮走样的棉鞋我穿过。每年冬天还未降临，在农村生活的奶奶便早已亲手为我做好了一双崭新的、红条绒布带碎花的棉鞋。每天只要外出，鞋面就会沾上很多雪，一进暖和的屋子，雪很快化成水，把棉鞋打湿。每晚临睡前，爸爸都把我的红色碎花棉鞋和弟弟的蓝色条绒棉鞋放到炉子边上。烤一夜，第二天棉鞋又干干爽爽的。如此反复。一双手工棉鞋，穿过一个漫长的冬天，等到即将开春时，鞋帮已经变得松垮，鞋子也被踩歪了。从两米开外看上去，就好像我和弟弟都长着一双歪脚丫。常常把爸爸气得说要在鞋帮处给我们钉一块木板以纠正脚型。记忆中，这样的气话，爸爸说了好几个冬季，一直到后来我和弟弟都穿上了买来的、鞋帮笔挺的皮棉鞋。

书中那样的道路，也是我在家乡的开春时节每天都要走过的。深冬，洁白的道路如条条玉带，那是积雪被反复压实而成的。春天来临的时候，每当午间时分，高远的太阳日渐慷慨地把略带暖意的亮白色光束洒向大地，雪渐渐融化，融化成灰色的粉末状，继而一部分一点点泛起泡沫变成黑色的水。每天中午，我们一群小学生嬉闹着走回家吃午饭，全然不顾脚下踩的泥泞的雪水。第二天清晨，那些雪水又重新结成冰，结实的黑冰上面有一道道细的和粗的车辙，有各种形状的脚印，还有大大小小因气泡冻裂而形成的坑洼。在中学时代，我已经能够熟练地骑自行车上下学了。每一个早晨，让自行车轮胎在有车辙的黑冰路面上正常行驶,对于年少轻狂的我而言,心底升腾的自豪感不亚于仗剑天涯的骄傲。

……

就这样,静静地读着这些由斯拉夫语字母组成的外文文字,仿佛不是在读书,而是一个习惯了在现实中低头赶路的人压在心底封存已久的回忆不经意间被打开了瓶盖,随着这些字母文字袅袅生烟。

小说中,作者带母亲去买鞋的场景,那些真实的人物语言与动作还原、细致的心理描写让我想到了自己的妈妈,甚至我的外婆……在我走进作者写作时空的同时,作者亦走进了我心底最柔弱最感性的那部分空间。作者波波夫并不是擅长制造共情与投射的心理学家,只不过好的文学作品中流露出的情感是人类共通的,能够跨越语言上的障碍,人性是不分国界的。

作者米哈伊尔·波波夫 1957 年 2 月 25 日出生于哈尔科夫,是俄罗斯散文家、诗人、政论家和评论家,2004 年起担任俄罗斯作家协会散文理事会主席。作者创作兴趣广泛，擅长运用现实主义手法，作品颇丰，多部小说获国内大奖。

与波波夫其他风格的小说不同，这部小说是一部自传体回忆录，一部母亲生平的回忆录，同时也是一部自己童年和青年的回忆录。如果搬上银幕，我想应该是一部黑白色调的纪录片吧！

波波夫用白描的笔触回顾了母亲的一生，母亲的一生是随着时代大背景而沉浮跌宕的。有意思的是母亲的名字——伊杰娅（Идея）。在俄文中，"идея"这个词是"思想"、"主义"、"意识形态"的意思，按照现在的话来说，是一个不折不扣的"红词"。母亲的一生也的确是苏维埃式的。母亲伊杰娅是一系列重大事件的参与者。她与德国侵略者进行过地下斗争，被当局错误镇压过，后被平反，大学毕业，当上了外语教师。她受过良好教育，多才多艺，刚直不阿，独立要强，性格有热情奔放的一面,也有严肃古板的一面。这不正是那个时代里、那个制度下进步的苏联女人的共性吗?

这样一位印有时代烙印的"苏维埃"式母亲很容易给读者一种需要仰视才见的雕塑感,然而在波波夫笔下却是真实的,有血有肉的。尤其是步入晚年的母亲,仿佛就是生活在你我身边的一位普通得不能再普通的老太太。母亲伊杰娅年轻时朝气蓬勃积极上进,如果苏联不解体,她的信仰会一直伴随她终老吧?即便共产党不再是执政党了,母亲还依然保留着自己的信仰,依然关心国家政治生活,于是电视成了她唯一在政治方面的交流伙伴。然而叶利钦和盖达尔改革还是让她失望了,也让无数个像母亲一样曾经信仰坚定的老共产党员失望了。

儿子的童年主要在哈萨克斯坦度过。1961—1975 年随母亲在白俄罗斯居住,毕业于母亲供职的格罗德诺州日罗维茨农场技校。1975—1977 年参军。他的经历丰富了他的见识，深化了他的见解。更何况儿子作为新生一代，容易接受新思想，对事物形成自己的看法。儿子在高尔基文学院读书时（1978—1984 年）就预感到共产党会在苏联失去执政地位。这并非证明波波夫具有神奇的预测能力，而是说明普通民众的思想领域早已悄然发生某些变化，苏联后来发生巨变是必然。儿子的社会政治态度真实反映了青年一代对国家前途的思索和忧虑。应该说，解体前后的俄罗斯大地上不止一位"伊杰娅"，也不止一位"儿子"。小说中母亲的思想转变，儿子观点的日渐形成，其实是苏联社会转型时期两代人的心路历程，也是第一手最真实的舆情。

这又是一篇悼文，没有大段的溢美之词，没有通篇的追思悲咽，不煽情，不泪奔。整部小说极具生活真实感，仿佛无加工，无剪辑。母子之间，有早些年相依为命的艰难与温情，有老少两代日常生活的摩擦，也有俄罗斯转型时期两代人在思想观念方面的冲撞。

小说寥寥数笔描写了作者的外祖父外祖母以及生父，从微观上呈现了苏联时期的政治形势和社会背景。如果对社会背景这一条线细心加以捕捉，那么展现在读者眼前的便是一幅反映苏联 20 世纪 30 年代社会主义改造及大清洗时期、40 年代卫国战争时期、50 年代解冻时期、60—80 年代停滞时期、戈尔巴乔夫改革时期再到苏联解体以及解体之后的转型时期社会和人民生活全景的"清明上河图"。

如果引用卡夫卡那句有名的话，"不是所有人都能看见真相，但所有人都能成为真相"，那么母亲伊杰娅的一生就是一部俄罗斯 20 世纪中后期的历史真相！所有的沉浮与荣枯都已随斯人逝去。母亲如同一叶扁舟随着国家政治洪流起伏跌宕，她个人的命运充满了历史浩叹与人生感喟。整部小说没有一句话歌颂母亲的伟大，亦没有一句话赞扬祖国。然而笔端处却见真情。作者内心深处有着对祖国深深的爱，正如在一次接受采访时说到的：我们现在这个时代艰难而复杂,有肮脏有血污,但如果病态地将这些视为我们的骄傲将是可怕的,如同一个人因自身患有重病而自高自大……灰心丧气是最沉重的一种情感。

有一种爱,是满心欢喜地赞美、歌颂;更有一种爱,是隐痛于心地看到问题,引发更多的人去思考、去解决问题。无疑,波波夫属于后者。

让我颇为感慨的是母亲的临终时光,没有各种先进的医学仪器,没有插满周身的各种管子,没有往来穿梭的医生护士,甚至没有在医院里度过;而是在熟悉的家中,听着熟悉的电视声音,还有几乎所有时间都在家里读书看电视的亲生儿子的陪伴。仿佛这段时光就是以往平常岁月的延续。然而,生命的尽头不正该如此吗?生命的终老本该是一个安详而静好的句号,没必要一定画一个呼天抢地的惊叹号。孝道不是表演,是发自内心的爱的回馈,是对临终者出于人道的尊重。孝道,有时仅仅是简单的陪伴。我为波波夫点赞!

　　　　在与作者的邮件交流中,我能够感受到他对母亲朴实而深沉的爱,也遗憾着他的遗憾。

　　他写道:"妈妈独自一人把唯一的儿子抚养成人。儿子长大了,母子却在转型时期成了彼此思想领域的反对者……往往,人们在一起生活了一辈子,至死也不能彼此好好地交流思想。这部中篇小说,是　种尝试,尝试着最终给予自己母亲应有的评价,尝试着去理解她并向她道歉。"

　　我很感谢作者对我如此信任,能够对我说出这样的心里话。作者后来在为本书写的序言中也表达了自己内心的这种遗憾与愧疚。并非"子欲养而亲不在"的遗憾,也不完全是更深层次的"色难"的愧疚。想必阅毕本书的读者定会醒悟:若父母在,珍惜尚能拥有的思想交流,给予父母最大程度的精神理解。

　　一部优秀的文学作品往往仁者见仁智者见智。政治家看到的是文字背后的政治变革与社会变动,文学家关注的是文学手法与表达技巧,社会学家可能透过文字挖掘家庭结构与社会价值观……更多的感悟,还是留待读者在阅读过程中去慢慢体会、细细品味吧。

这部中篇小说于 2006 年首次发表于《莫斯科杂志》。此后被俄罗斯出版的各种文集收载。乌克兰《彩虹》杂志和摩尔达维亚《我们这一代人》杂志也对该小说进行了转载。

小说《伊杰娅》发表后即在中老年读者群体中引起强烈反响。评论家弗拉基米尔·邦达连科、鲁斯兰娜·利亚舍娃、谢尔盖·卡兹纳切耶夫和散文家安德烈·沃龙佐夫、亚历山大·谢根、尼古拉·多罗申科都曾对这部小说给予高度评价。

本书翻译工作的顺利完成,首先要感谢我的工作单位在十年时间里给予我的深厚沉淀和广博积累。还要感谢作者米哈伊尔·波波夫对我一直以来的肯定与鼓励,每当我遇到问题向他求助,他都会爽快而耐心地及时回信。最应该感谢的是推动中俄文学互译出版项目的中国文字著作权协会总干事张洪波先生和好友华东师范大学出版社编辑夏海涵女士,是他们辛勤的工作才让本书与中国读者见面。

我深知自己水平有限,译文难免存在不足。我只能尽力做到译文准确、达意,同时细心感知领悟原文意境,努力译出原作韵味。读者的包容不会是我裹足不前的借口,我会在翻译这条道路上不断磨砺自己勇敢前行,以期日后有更好的译作呈现给大家。

李宏梅

2015 年 9 月于北京

译后记